아무튼, 싸이월드

아무튼, 싸이월드

박선희

제철소

세월이라는 말이 어딘가에서 나를 발견할 때마다

하늘이 눈더미처럼 내려앉고 전깃줄 같은 것이

부들부들 떨고 있는 것을 본다 남들처럼

나도 두어 번 연애(戀愛)에 실패했고 그저 실패했을

뿐, 그때마다 유행가가 얼마만큼 절실한지

알았고 노는 사람이나 놀리는 사람이나 그리

행복하지 않다는 것을 알아야 했다 세월은

언제나 나보다 앞서갔고 나는 또 몇 번씩

그 비좁고 습기 찬 문간(門間)을 지나야 했다.

                                    이성복 시 「세월에 대하여」*에서

김** : 님아 이거 퍼가도 됨요? (2004.02.25 22:30) ✎ ☒

신** : 써니, 사진하고 잘 어울린다. 나도 스크랩 (2004.02.26 23:00) ✎ ☒

서** : 허허, 역시 성복이 형님 (2004.03.02 11:00) ✎ ☒

* 『뒹구는 돌은 언제 잠 깨는가』, 문학과지성사, 1980.

차례

이렇게 그냥 보낼 수 없는 이유

싸이월드가 망했다는 소식에 느낀 감정은 각자가 보낸 그 시절의 질감만큼이나 다양했겠지만, 한 가지는 분명했다.

결국 이렇게 될 것이었다.

순진하게 충격 같은 걸 받기엔 지금껏 너무 많은 웹 플랫폼의 명멸(明滅)을 지켜봐왔다. 한반도 '덕후'들의 뿌리가 된 나우누리, 하이텔부터 난데없는 모교 사랑과 동창 재회 붐을 일으켰던 아이러브스쿨, 채팅과 번개 중독자를 양산했던 세이클럽, 갖가지 사조직 결성의 재미를 알게 해준 프리챌, 상시접속 시대의 서문을 열었던 MSN 메신저….

이런 각종 플랫폼들의 '헤비 유저'였던 나는 이 방면에서 일종의 프로였다. 프로는 놀라지 않는다. 더구나 한국은 모든 것이 빠르고 일사불란한 나라다. 한번 뜨면 모두가 열광하지만, 대체재가 나타나는 순간 자비란 없다. 이들 중 상당수는 새롭게 등장한 강력한 플랫폼의 영향력에 밀려 사람들에게 서서히 잊히고, 있는 둥 없는 둥 존재하다 결국 폐업 수순을 밟았다.

처음 몇 번, 특히 프리챌이나 드림위즈가 사라졌을 때는 배신 아니냐며 발끈하기도 했다. 백업할 기간을 놓치는 바람에 나의 소중한 흔적이 사라졌다고 투덜댔다. 망하는 회사에도 윤리적 감각은 필요했다. 그런 식으로 갑자기 파산해버리면 미처 백업 기간을 공지받지 못한 이용자들의 자료는 영영 폐기되는 거였다. 그러나 비슷한 일이 반복되자 그런 불평마저도 시들해졌다. 냉정히 말하자면, 거기에 사라지면 '절대' 안 될 중요한 자료 따위가 있을 리가 있겠는가? 내 인생을 통틀어도 사실 그런 것을 찾기란 힘들었다.

모든 게 빠르게 잊혔다. 페이스북과 트위터가 나왔고 인스타그램이 일상이 됐다. 메시지보다 이미지가 일하는 시대, 문자보다 영상이 주도하는 시대가 도래했다. 다들 문자 대신 카카오톡을 썼고, 네이버 검색 대신 유튜브를 이용했다. 정보통신업계의 비정한 폐업 사이클 가운데 다음 대상이 있다면 그건 너무 명확해 보였다.

전 국민에게 낭만적인 도토리 구매 열풍을 불러일으키고, 모두가 서로의 일촌이 돼 질척거리게 했던, 끝없이 부딪쳐오는 파도에 자발적으로 몸을 맡기고 새로운 누군가에게 불시착하게끔 했던 추억의 싸이월드. 알고리즘의 고차 방정식이 지배하는 이토록 즉물적이고 현시적인 시대에 '그 옛날 싸이월드'가 여전히 건재하다는 게 되려 기괴해 보였다.

그럼에도 싸이월드에는 좀 특별한 구석이 있었다. 싸이월드가 사라지는 게 전혀 이상할 이유가 없는 시대가 됐는데도, 이곳만은 차마 쉽게 보낼 수가 없었다. 내 마음만 그런 게 아니라 많이들 비슷해 보였다. 싸이월드 폐업이 임박했다는 기사만 뜨면 네티즌들은 집단으로 구질구질해졌다. '유료화해서라도 제발 정상화해달라' '회생할 방안을 찾아봐라' '이렇게 보낼 수는 없다'며 징징댔다. 한술 더 떠서 '오히려 이런 시대에 싸이월드 같은 복고적 플랫폼이 더욱 경쟁력 있다'는 진지한 무리수도 심심찮게 나타났다.

그래선지 이곳은 망하는 과정마저 일반적이지 않았다. 회생의 여지없이 그냥 망해버린 다른 업체들과 달리 서비스 중지 소식으로 온 포털 사이트가 도배된 지 몇 주 만에 기사회생으로 복구됐다. 그러다 불과 얼마 지나지 않아 불시에 폐업 신고가 됐다. 이젠 정말 다 끝난 건가 싶었는데 "아직 끝난 게 아니다"라는 대표 인터뷰가 등장했다. "살리고 싶다" "아직 포기하지 않았다"며 눈물까지 보였다는 그 진심, 한번 믿어보고 싶었다. 실로 끈질긴 희망 고문이었다. 새로운 뉴스가 뜰 때마다 일희일비하는 수많은 댓글을 보다 보면, 이렇게 많은 사람이 여전히 싸이월드를 갈구하는데 도대체 이 회사가 왜 망하는지 의문일 정도였다.

하지만 그런 열렬함은 일종의 착시였다. 싸이월드를 대하는 사람들의 '근본적인 태도'는 사실 전혀 달라지지 않았기 때문이다. 사람들은 잦은 서비스 중지와 복구, 폐업의 해프닝을 겪으면서도 그 추억을 백업하거나 그토록 소중한 싸이월드를 다시 이용하는 수고로움은 별로 감수하지 않았다. 단지 '싸이월드가 문 닫으면 모든 추억을 잃어버리는 것'이라고 때마다 호소만 했다. 싸이월드 시대의 마감을 다들 그토록 안타까워하면서도 여전히 그곳을 방치했고, 방법을 찾아야 하는 거 아니냐고 부르짖으면서도 접속하지는 않았다. 서비스 중지와 복구가 반복되는 사이, 다들 절규와 안도의 감정적 롤러코스터만 신나게 탔다.

그건 나 역시 마찬가지였다. 폐업이 논의되던 어느 기간, 분명히 내게도 자료를 백업할 기회가 있었다. 하지만 딱히 적극적이지 않았다. "걱정된다" "제발 복구됐으면 좋겠다" 말은 많이 했지만, 막상 서비스가 안정화되면 '굳이 싸이월드에 올린 걸 백업까지 할 필요가 있을까?' 하는 간사한 의문이 들었다. 학위논문 자료도, 기획 취재 자료도 아니었다. 아무리 포장해봤자 '싸이질'의 결과물일 뿐이었다. 어쩌면 내 마음 한편에서는 백업을 억제하는 기제가 강하게 작동하고 있었던 건지도 모르겠다. '될 대로 되겠지' '지워져도 어쩔 수 없어'처럼 체념을 가장한 억제였다. 망해선 안 되지만 방치해두는 건 괜찮고, 잃어버리면 안 되지만 백업은 하지 않는 이상한 배짱이었다.

이런 모순적 행동의 이유를 찾게 된 건 이 글을 쓰기 위해 먹통이 된 사이트에 모처럼 우회 접속하고 난 뒤였다. 비공개 사진첩에서 사진 한 장을 발견했다. A6 스트라이프 반팔티에 헐렁한 후아유 청바지를 입고 단과대 목련꽃 앞에서 웃고 있는 어떤 여자애 사진이었다. 교정하지 않은 치아, 21호 파우더를 아무리 덧칠해도 숨길 수 없는 까무잡잡한 피부, 노란색 블리치를 온 머리에 인디언 추장처럼 넣은 그 여자애가 나였다.

잠시 당황했다. 내가 회고하는 그 시절의 나는 그 여자애보다 훨씬 더 예뻤기 때문이다. 왜 싸이월드에 굳이 접속하지 않았는지 나의 무의식적 방어 기제를 확인하는 순간이었다. 길에서 만나면 모르는 척 그대로 지나치고 싶은 그 촌스러운 여자애의 모습은 심지어 예고편에 불과했다. 전체 공개된 다이어리에 적힌 자의식 과잉의 손발 오그라드는 모놀로그에 비하면 말이다. 할 수만 있다면 과거로 돌아가 자기도 모르는 말을 끊임없이 지껄이고 있는 그 여자애의 입을 당장 틀어막았으리라.

요컨대 그곳은 우리 모두의 무덤이고 지뢰밭이기도 했다.

나는 싸이월드를 원했지만, 원하지 않았다. 싸이월드가 필요했지만, 필요 없었다. 이 회사의 폐업을 둘러싼 이런 이율배반적인 감정의 기저에는 내밀하고 개인적인(혹은 이기적인) 이유가 짙게 깔려 있었다. 그건 유독 싸이월드만은 '좀 특별한 구석'이 있다고 말하게 되는 편애의 근원이기도 했다.

각별하지만 남세스럽고 애틋하지만 오글대는 그것. 어딘가에 안전하게 간직하고 싶지만 '굳이' 누군가와 공유하고 싶지는 않은 그것. 항상 그 자리에 있어주기를 바라지만 '딱히' 자주 들여다보고 싶지는 않은 그것. 그래도 절대로 사라지지만은 않으면 좋겠는 그것.

나의 이십대, 나의 청춘.

'아직도 싸이월드 하는 사람'이라는 말

페이스북이 T갤러리아라면, 싸이월드는 청량리 롯데 백화점이었다. 통일호 타고 춘천으로 엠티 갈 때 들러서 장 보고, 기차 시간 기다리며 기타 뜯다가 그래도 지루하면 또다시 잠깐 들러서 화장품 구경하는 막간의 사치를 부리던 '그 청량리 롯데' 말이다. 층고는 낮고 조명은 어두침침하고 매장 간격은 좁아서 그 시절 우리의 안목으로도 백화점 맞나 싶은 의아함을 불러일으켰던 그곳.

백화점을 함께 구경하고 가끔 샘플이라도 얻으면 계 탄 것처럼 좋아했던 대학 동기들은 대부분 지방에서 올라왔었다. 일부러 그렇게 맞춘 것도 아닌데 친해지고 보니 비슷한 점이 많았다. 지방 도시의 전형적인 소시민 가정 출신들이었다. 삶의 기복이 크진 않았지만 그렇다고 풍족한 적도 없었고, 감수성은 풍부했지만 패션 감각은 떨어졌다. 검소했지만 숫자에는 약했다. 소심한 성정에 몹쓸 성실성을 갖췄고 지구력과 암기력만 지나치게 좋았다. 덕분에 위화감 없는 편안한 학창 시절을 보냈다. 내 행운은 거기까지였다.

대학 졸업 후에 청계천변 클래스 올든버그의 35억 원짜리 조각상이 내려다보이는 광화문 한 언론사에 입사했다. 언론사 조직은 균질적인 엘리트 집단이었다. 내가 주로 근무했던 문화부와 산업부 취재원 대다수는 사회적 명망가 혹은 신흥 엘리트들이었다. 그들 중 상당수는 어릴 때부터 해외 경험이 있었고 부유한 환경에서 자랐으며 훈련된 패션 감각과 세련된 매너를 갖추고 있었다. 숫자에 밝고, 당차고 기민했으며, 기획력과 창의력이 뛰어났다. 나는 회사 안팎에서 모두 주눅이 들었다. 스스로 충분치 않다는 느낌에 시달렸기 때문이다. 물론 촌스러움도 효과적으로 활용하면 인간미로 승화시킬 수 있었지만, 기획력이 떨어져서인지 그런 머리조차 잘 돌아가지 않았다.

대학이라는 작고 안전한 울타리를 벗어나 세상이 얼마나 큰지 나는 얼마나 작은지 깨치던 그때, 싸이월드는 이미 몰락의 냄새를 풍기고 있었다. 트위터와 페이스북이 대세였다. 새로운 매체를 활용해 기삿거리를 찾고 업계에서 존재감과 영향력을 확대하는 기자들도 많아졌다. 손을 놓고 있어선 안 되겠다 싶어서 페이스북에 가입했다. 페이스북 알고리즘은 회사 선후배들이나 취재원들의 프로필을 보여주면서 친구로 추가하겠냐고 물었다. 웃고 있는 그들의 수많은 사진을 훑어보았다. 일상과 아이디어를 공유하는 관계가 몇몇 주변 지인들을 넘어 출신 학교와 직장, 출입처, 심지어 해외로까지 무작위로 확장돼 있었다. 망해가는 구멍가게 단골이 글로벌 유통 체인의 신식 매장에 처음으로 진입한 기분이었다. 화려했고, 세련됐으며, 놀라웠다.

페이스북은 자신감과 당당함이 전부인 세계였다. 스킨, 프로필, 타이틀, BGM(배경음악)을 종합적으로 분석해 상대가 어떤 사람일지 유추해야 했던 싸이월드와 달리 그곳은 간결하고 드라이했다. 페이스북은 이력서에서처럼 공식적 언어로 출생지, 졸업 학교, 주요 경력 같은 프로필을 기술케 했고 그 내역을 그대로 노출시켰다. 사람들은 학위와 소속, 경력, 심지어 결혼 여부와 연애 상태까지 당당히 공지했다. 싸이월드가 은유의 매체였다면, 페이스북은 실사(實査)의 매체였다.

가장 부담스러운 건 피드 방식이었다. 이용자가 올린 게시물이 팔로워들에게 실시간으로 '뿌려지고' '떠벌려지는' 형태였다. 지나치게 미국적인 느낌이었다. 교수님 말도 중간에 끊고 질문한다는 미국에서야 괜찮을지 몰라도, 토종 한국인의 정서로는 부담스러웠다.

시험 삼아 게시물을 몇 번 올려봤는데 모두에

게 실시간으로 전해진다는 압박감이 상당했다. 이 게시물이 과연 사람들의 주목을 요구하며 강제로 타인의 피드를 점령할 가치가 있는지 확신을 갖기 어려웠다. '안물안궁'인 짜증스러운 게시물이 될까 불안했다.

그에 반해 싸이월드는 안전했다. 그곳엔 이용자를 보호해줄 울타리와 대문, 무엇보다 '시차'가 있었다. 누군가 그 공간 안으로 진입하겠다고 결심해야 들어올 수 있었고, 탐색을 해야만 뭔가를 찾을 수 있었다. 설령 그곳에 한심한 것들을 올려놓는다 해도, 적어도 강요하는 것은 아니었다. 방문자가 현저히 줄어서 일일 한 자릿수로 떨어져도 그런 이유 때문에 페이스북보다는 싸이월드에 더 자주 접속했다.

문제의 그날도 비슷했다. 마감이 끝난 뒤 머리를 식힐 겸 웹 서핑을 하다가 자연스럽게 싸이월드를 켜놓게 됐다.

"어머, 아직도 싸이월드 하는 사람이 있어?"

내 뒤로 지나가던 같은 팀 선배였다. 그저 순수한 놀라움 그 자체로 던진 질문이었다. 미국 사회학자의 최신 논문 아이디어를 엊그제 본 드라마 한 장면처럼 무심히 설명하고 태그호이어 카레라 신제품에서 '크리스티앙 루부탱적인 느낌을 발견했다'고 말하던 선배였다. 출퇴근 룩으로 셀린느 블라우스에 미우미우 가죽 클러치를 즐기는 그녀는 일 못하는 건 용납해도 구린 건 납득하지 못할 것만 같았다. 나는 마치 선배의 그 놀람(혹은 경악)에 동의하는 것처럼 웃었다. 그리고 오래전 자료를 찾기 위해서였다고 구질구질하게 해명했다. 선배는 짧게 아, 했다. 믿는 눈치가 아니었다.

왜 하필 선배가 그 화면을 봤을까. 미국 탐사보도협회 사이트나 올해의 퓰리처상을 보고 있을 게 아닌 바에야 그냥 페이스북이거나 트위터이거나 차라리 개인 블로그였다면 좋았을 텐데. 바로 창을 닫았다. '아직도 싸이월드 하는 사람'이란 말의 특정한 어감, '청량리 롯데'적인 느낌이 나를 규정하는 것 같았다. 어울리지 않는 곳에 있다는 오랜 피로감이 몰려왔다. 싸이월드가 부끄러웠다. 아니, 내가 부끄러웠다.

그때 우리에겐 싸이월드가 있었으니까

B는 영어 시간마다 교사의 지목을 받는 학생이었다. 선생님은 B가 있는 한 굳이 번거롭게 카세트를 들고 다니며 리스닝 파트를 들려줄 필요가 없다는 걸 알고 있었다. 초등학교 때 2년간 의대 교수인 아버지를 따라 미국 생활을 했던 B는 성우와 구별이 안 될 정도로 발음이 유창하고 목소리마저 낭랑한 여고생이었다. B가 지문을 읽을 때 나는 문제를 푸는 대신 그 아이를 쳐다봤다. 파리조차 미끄러져 내릴 것 같은 그 발음에 취하는 느낌이었다. B는 한국에서 영어를 잘한다는 것이 무엇을 의미하는지 명확하게 보여주었다. 언어 감각이 있다거나 성실하다거나 조기교육을 받았다거나 하는 차원이 아니었다.

'사는 집안 자식이다.'

어쩌면 나를 취하게 한 건 B의 부티였는지도 몰랐다. 특히 지방 도시에서 그들은 눈에 띄는 특권 계층이었다. 그들의 세계에서는 외국인과 친구, 동료 혹은 연인이 되는 글로벌한 일이 일어났다. 나의 세계에서는 아니었다. 내 세계에서 외국인은 오직 영어 듣기 문제 속에서만 존재했다. 수능 영어나 토익 점수에는 별문제가 없었지만, 영어는 늘 높은 장벽이었다. 서민이 아무리 드라마를 많이 봐도 재벌의 삶을 결코 이해할 수 없는 것처럼, 토플 공부에 아무리

매진해도 외국인은 늘 두렵고 멀기만 한 존재였다.

그런 내게 대학 시절 런던 근교에 머물 기회가 생겼다. 재학생에게 유학 기회를 많이 주는 것이 대학의 경쟁력이 되면서 해외 교류 학교가 대폭 늘어난 덕이었다. 예년 같으면 꿈도 꾸지 못했을 영어권 대학에 과 친구 D와 나란히 방문 학생으로 선발됐다. 우리는 극도의 흥분과 설렘 속에서 열네 시간이 넘는 비행시간 동안 단 한숨도 자지 못했다. 경직, 긴장, 심각한 수면 부족 상태에서 히드로 공항에 착륙했고 입국장에서부터 난관에 부딪혔다. 동양인 유학생에 대한 입국 심사는 무척 깐깐했다. 한·중·일 학생들만 한편에 모여 집중 심사를 받았다. 불법 이민자들을 걸러내는 데 이골이 난 듯 미간이 깊게 팬 심사관은 도떼기시장 같은 그곳을 헤집고 다니며 소리쳤다.

"좌스트 악츄라이?"

그녀가 나를 콕 찍어 물었다. 어떻게든 그 여자에게 잘 보이고 싶었다. 하지만 백악기 시대 공룡 이름 같은 그 단어가 무엇을 뜻하는지 도무지 알 수 없었다. 도움을 청하기 위해 D를 쳐다봤다. D의 동공역시 흔들리고 있었다. 그녀는 '좌스트 악츄라이'가

뭔지도 모르면서 '유학생'이라고 주장하는 우리를 한심함과 경멸이 뒤섞인 눈으로 흘겨봤다. 나중에야 그녀가 요구한 것이 가슴 엑스레이(Chest x-ray)였던 걸 알았다. 당시 영국은 한국을 결핵 보유국으로 지정하고 있었다. 엑스레이를 제출하지 않으면 공항에서 무작위 결핵 검사를 받을 수도 있었던 걸 한참 뒤 다른 유학생들을 통해 알게 됐다.

어렵사리 입국한 뒤 기숙사 같은 층의 영국인들과 펍에 갔다. 공용 부엌에서 어색한 상견례를 마친 직후 가진 첫 뒤풀이였다. 나는 기네스를 골랐고, 곱슬머리에 안경을 쓴 영국 친구 C는 '봐터'를 주문했다. 그냥 각자 고른 대로 마셨으면 됐을 텐데 주문을 무사히 마치고 나자 작은 의욕이 생겼다. 봐터는 보드카의 일종인지 영국 전통술인지 물어보고 싶어진 거였다. C는 눈을 동그랗게 뜨고 대꾸했다.

"봐터가 봐터지 뭐야?"

봐터가 영국에서 그렇게 유명한 술이냐고 되묻자 그녀는 답답한 듯 여러 번 도리질을 했다. 펍의 시끄러운 록 음악을 뚫고 "아니, 봐터!" "봐아아아터!"라고 외치던 C는 결국 휴대폰에 이렇게 써서 보여줬다. 'H_2O' 그랬다. 봐터는 워터였던 것이다.

이 일련의 사건들은 현지인과의 교류에 급격히

흥미를 잃어가는 시작점이 됐다. BBC를 틀면 오직 영어란 것만 알 수 있었다. 문제는 그게 아닌데 애꿎게 볼륨만 계속 키웠다. 현지에서 이수하기로 한 영문학 수업 시간에 들리는 말이라고는 '셰익스피어' 밖에 없었다. 심지어 그 수업은 영시 수업이었다. 아무 말도 안 들리는 영시 수업에서 극작가로만 알고 있던 셰익스피어 이름만 십수어 번 출몰했다가 사라지는 하루하루가 초현실적으로 느껴졌다. 급기야 영어를 쓰는 사람만 봐도 속이 메스꺼웠다. 이 먼 곳까지 왜 왔는지 후회됐다. 눈 마주치는 것조차 슬슬 피하는 날 보고 같은 기숙사의 영국인들은 대인기피증이 있다고 생각하는 것 같았다.

그를 다시 만나게 된 건 그 무렵이었다.

우리가 처음 만난 건 런던에 도착했던 첫날이었다. 교환학생을 도우러 온 현지 학생들이 오렌지색 티셔츠를 입고 히드로 공항에 와 있었다. 그는 나를 도와줄 자원봉사자였다. 이름은 베니였고 금발의 원어민이었다. 그가 밝게 인사를 건넸지만, 가슴 한편이 답답했다. 이자와는 또 어떻게 대화해야 한단 말인가. 하지만 그런 감정에 마냥 휩싸여 있기엔 당장 옮겨야 할 짐이 너무 많았다.

해외 장기 체류가 처음인 나는 겁에 질려 있었다. 그 두려움은 무식할 정도로 거대한 짐으로 치환됐다. 옥션에서 구매한 4단 이민 가방 안에는 전기밥솥, 쌀, 햇반, 김치를 비롯해 머리에 맞는 즉시 뇌진탕 각인 영문학 벽돌 책 『노턴 앤솔러지』 여러 권과 사계절 옷에 이르기까지 말 그대로 세간이 다 들어 있었다. 그러고도 내겐 캐리어 두 개가 더 있었다. 리셉션 홀에서 배정받은 기숙사로 가려면 10여 분을 더 걸어야 했다. 베니는 셔틀에서 내린 짐을 보고 적잖게 당황했다. 하지만 내가 공룡만 한 이민 가방을 끌려고 하자 급히 만류하며 대신 맡았다.

그날 베니가 D와 F가 섞인 단어를 내뱉는 것을 처음이자 마지막으로 들었다. 그는 울퉁불퉁한 내리막길에서 이민 가방과 함께 굴러떨어지려는 위기를 몇 차례 겪었다. 화물용 캐리어를 양손에 끌며 뒤를 따르던 나는 그때마다 몸을 던져 베니와 함께 그 거대한 가방을 떠받쳤다. 그 가방은 엘리베이터에조차 순순히 들어가지 않았다. 이삿짐센터 직원들처럼 이리저리 방향을 틀어가며 씨름해야 했다. 기숙사 방에 그 모든 걸 무사히 밀어 넣는 데 성공했을 때 우리에겐 중간계 전투를 함께 치른 반지원정대 같은 연대감이 형성돼 있었다.

몇 주 뒤 매점에서 우연히 그와 재회했을 때 영어 울렁증이 완치된 것처럼 압도적 반가움으로 인사할 수 있던 건 아마도 그날 형성됐던 땀 냄새 나는 유대감 때문이었을 것이다. 우리는 매점 앞의 분주한 작은 정원에서 대화를 (어쨌든 영어로) 나눴다. 베니는 키가 무척 컸지만 목소리가 부드럽고 제스처가 많았다. 귀엽고 산만한 몸동작 때문인지 정통 영국식 영어를 구사함에도 별로 위화감이 들지 않았다. 하지만 생활하는 데 어려운 건 없는지, 잘 적응하고 있는지 묻는 그에게 모든 게 얼마나 엉망이고 예상과 다른지를 '영어로' 하소연하는 건 불가능했다. 하고 싶은 말은 한 보따리인데 자꾸 말문이 막혔다. 일단 연락이나 하고 지내자면서, 옆 마을 쇼핑몰에서 산 40파운드짜리 싸구려 모토로라 폰을 쓱 내밀었다.

　　베니는 동양 문화에 관심이 많았고, 특히 한국 영화를 무척 좋아했다. 우리는 서로가 원하는 걸 갖고 있었다. D에게도 베니를 소개한 뒤 분위기를 몰아 신속하게 언어 교환 스터디를 결성했다. 그리고 그런 모임이 대개 밟는 전철대로 우리 스터디는 곧 한국어로 떠드는 모임으로 변질됐다. D와 나는 유창한 한국어로 매번 베니에게 영화 〈친절한 금자씨〉의 "너나 잘하세요" 같은 유행어를 따라 하도록 가르쳤다.

그 한심한 '언어 교류'의 정점은 그를 싸이월드에 가입시킨 것이었다. 그때 우리는 언어 장벽에 가로막힌 반쪽짜리 유학 생활을 싸이월드 중독으로 간신히 버티고 있었다. 매일 수시로 접속해서 사진첩이며 게시판에 '테스코에서 장 본 후기' '도서관에 연체료 낸 이야기' 같은 시시껄렁한 영국 생활을 업데이트했고, 한국에 있는 가족과 친구들의 안부를 확인했다. 강의실에서 우리는 꿔다놓은 보릿자루 같은 초라한 동양인이었지만, 싸이월드의 세계에서는 유럽의 고풍스러운 건물에서 영문학과 영화 수업을 듣는 촉망받는 유학생이었다. 무엇이 진실인지는 D와 나밖에 몰랐고, 그 두 세계의 격차가 커질수록 우리는 더욱 싸이월드라는 판타지에 집착했다. 우리의 유일한 현지인 친구이자 자랑인 베니는 그 판타지를 완성하기 위한 필요충분조건이었다. 베니는 외국인의 싸이월드 가입이 까다롭다며 투덜댔지만 여러 인증 절차를 거쳐서 결국 미니홈피를 열었다.

베네딕트 윌리엄스 브리지먼.

미니홈피 대문엔 '베니'란 귀여운 애칭 대신 중후한 분위기를 풍기는 풀 네임이 쓰여 있었다. 그러거나 말거나 우리에게 그는 그냥 '밴희'(한국식 애칭)였다.

우리가 항상 한심한 대화만 나눈 것은 아니었다. 동년배 대학생들로서 미래에 대한 이야기를 가끔 주고받기도 했다. 연극영화를 전공하던 베니는 가까운 미래에 꼭 한국을 방문할 것이며, 영화감독이 될 것이고, 아주 넓은 녹차밭을 사서 태양광 같은 친환경 발전 시설로 가동되는 첨단 카페를 만들고 싶다고 했다. 베니의 미래 계획 브리핑이 끝났을 때 우리는 "베니, 넌 아직 어려" 하고 대꾸했다. 취업 대신 영화감독을 꿈꿨고, 아파트가 아니라 녹차밭을 사겠다고 했으며, 우주정거장을 지을 기세로 첨단 카페를 설계하고 있었기 때문이다. 하지만 그렇게 말하는 우리 역시 어렸다는 걸 그땐 잘 몰랐다. 우리는 기네스를 함께 마시고, 떡볶이를 만들고, 크리스마스 파티를 함께 했다. 런던에 콧바람 쐬러 갔던 어느 날, 베니는 기차 안에서 시를 썼다. 펜을 들고 골똘한 표정을 짓는 그의 모습이 어두운 차창에 고스란히 비쳤다.

그리고 나의 그 시절도 어둠 속으로 빠르게 질주했다. 한국에 있던 남자친구에게 이메일로 차였고, 그 '원격 굴욕'에서 쉽게 회복하지 못했고, PTSD(외상후스트레스장애)를 겪으며 가장 의지했던 단짝 D와도 멀어졌다. 영어는 늘지 않았는데 한국어는 교포 3

세 수준으로 퇴보했고, 살은 12킬로그램이 넘게 쪘다. 1년 뒤 바리바리 싸 든 이민 가방을 끌고서 히드로 공항을 다시 찾았을 때, 내 곁에는 아무도 없었다.

한국으로 돌아오고 몇 년이 지났다. 영국 유학 시절 처절한 실패의 기억을 저 뒤편으로 밀어두고 취업 준비에 매진하던 때였다. 베니가 계획대로 정말 한국에 왔다. 학교 정문 지하철역 뒤 로터리와 재래시장 입구, 원룸촌이 내려다보이는 너무나도 한국적인 풍경 속에 그가 서 있었다. 여전히 선한 눈빛을 하고, 약간 어색하게 쭈뼛거리면서.

전국을 다 돈 뒤 제주도까지 다녀온 그에게 어디가 가장 좋았는지 물었다. 그는 서울이라고 했다. 친구들이 있는 서울은 마치 런던 같다고 했다. 우리가 함께였던 런던이 생각났다. 한강을 건너면 코벤트 가든이 나오고, 제기동 뒷골목의 모퉁이를 돌면 옥스퍼드 스트리트 상점가 끝의 한인 슈퍼로 쑥 들어갈 수 있을 것 같았다.

우리는 참살이길 뒤편의 한 고깃집에서 돼지갈비에 '소폭'을 말아서 먹고 커피숍에서 드립커피를 마신 뒤 정경대 후문 근처의 작은 서점에 들렀다. 한때 런던 사우스웨스트 트레인 선로 위에서 무엇인가를 한참 골똘히 쓰곤 했던 그가 언젠가는 읽을 수 있 길 진심으로 바라는 마음으로, 문고판 시선집을 선 물했다.

베니는 이제 다시 영국으로 간다고 했다. 그 를 배웅하기 위해 지하철역 입구에 섰다. 그런데 작 별 인사랍시고 '시 유 온(See you on)'을 내뱉고 마지 막 단어가 떠오르지 않아 우물거렸다. 문득 한심했 다. 내 영어는 시간이 흘러도 그런 수준을 벗어나지 못했다. 그리웠던 친구에게 진심 어린 작별 인사 하 나 제대로 건네지 못하는 수준. 예전처럼 Tuesday라 거나 Friday라고 말할 수도 없었다. 그때 우리는 무 엇이 될지 알 수 없었던 것처럼, 언제 다시 만날지 도 알 수 없었다. 프렌치 르네상스 양식으로 지어진 본관 스낵바에서 실컷 맥주나 마시던 그 시절로부터 아주 멀어졌다는 것만 분명했다. 베니는 에스컬레이 터를 타고 이미 발목부터 사라지고 있었다. 그때야 그 단어가 번뜩 떠올랐다.

"싸이월드!"

베니가 빠르게 하강하고 있었기 때문에, 날이 이미 어두웠기 때문에, 그는 늘 웃고 있었기 때문에, 그 말에 그가 정확히 어떤 표정을 지었는지는 알 수 없었다. 하지만 "See you on Cyworld!"라고 난간에 매달려 외치고 돌아섰을 때, 나는 오랫동안 스스로 쌓아 올린 장벽이 무의미해졌음을 깨달았다. '싸이월드'로 대화를 완성할 수 있는 관계에서 언어의 차이는 아무것도 아니었다. 그 순간 처음으로 알게 됐다. 외국인과 친구가 되는 일은 '나의 세계'에서도 실제 일어날 수 있는 일이었다는 걸.

돈도, 관계도, 감정도 빈곤하고 궁핍했던 그 시절, 혼란과 낙담에 사로잡힌 이방인이었던 내게 기꺼이 친구가 돼줬던 그를 다시 먼 곳으로 돌려보내는 길이었다. 왈칵 눈물이 날 것 같았지만, 생각해보니까 괜찮았다.

그때 우리에겐 싸이월드가 있었다.

도토리 다섯 알 인생

인생은 한정된 재화 속 욕망의 기록임을 하이테크를 통해 배웠다. 1990년대 필기류의 워너비 아이템 '하이테크(HI-TEC-C) 펜' 말이다. 일제인 하이테크 펜은 0.25밀리미터의 작은 볼로 당시 국산 문구류로는 불가능했던 극도로 섬세한 선을 구현해냈다. 버스비의 열 배쯤 했던 비싼 가격이 치명적인 흠이었지만, 일단 이 펜만 손에 넣으면 선생님 한숨도 받아쓸 수 있는 필기력이 생길 것만 같았다.

그런데 큰마음 먹고 이 펜을 사면 반드시 발생하는 징크스가 있었다. 꼭 산 지 얼마 안 됐을 때, 잉크가 아직 마르지도 않은 그 시점에 책상에서 떨어뜨리거나 세게 눌러쓰다 볼이 빠지는 대참사가 일어났다. 볼 빠진 펜은 올 나간 스타킹보다 더 쓸모없었다. 하지만 아까워서 도저히 버릴 수 없었고, 그 때문에 필통에 있는 '단 하나의 하이테크'가 볼 빠진 폐기물이란 사실을 들키곤 했다.

"이거 볼 빠진 거네?"

채 말릴 틈도 없이 펜을 빌려 써보려던 그들은 곧 '아… 니가 어떤 사람인 줄 알겠어' 하는 표정을 지었다. 하이테크는 갖고 싶고, 그런데 돈은 별로 없고, 그래도 있는 척은 하고 싶었구나.

물론, 나는 그런 사람은 아니었다.

지방에서 상경한 대학생들은 늘 돈에 쪼들렸다. 항상 비타민과 단백질 결핍 상태였다. 과 동기였던 M도 비슷했다. 우리는 방학이라 텅 빈 기숙사에 남아 도서관 근로 아르바이트와 노량진 입시 학원의 논술 첨삭 아르바이트를 병행하며 뜨거운 여름을 견뎠다.

어느 날 길을 걷다 불쑥 M에게 내 소원이 뭔 줄 아냐며 말했다.

"내 소원은 치즈케이크를 밥숟가락으로 퍼서 먹는 거야. 칼로 조각내지 않고 포크로 깨작거리지 않고 그냥 밥숟갈로 통째로 퍼서 모조리 먹어치우는 거지."

아마도 그때는 포도당 결핍 상태였던 것 같다. 길거리 싸구려 귀걸이든 음료수든 가격을 보고 들었다 놨다 하는 삶에 지쳐 있었다. 딱 한 번만 방탕해져보고 싶었다. 제일 좋아하는, 하지만 항상 한 조각씩 감질나게 먹어야 했던 치즈케이크로 탕진이란 걸 누려보고 싶었다. M은 '너구리 먹고 싶다'는 소감으로 온 국민을 찡하게 했던 체조 금메달리스트를 보기라도 한 듯한 표정을 지었다.

그해 내 생일에 그녀는 정말 치즈케이크를 선물로 줬다. "부디 숟가락으로 퍼서 먹는 사치를 부려

봐"라는 말과 함께. 처음에는 신나게 퍼먹었다. 달달한 게 끝도 없이 들어가 사르륵 녹았다. 먹다 지쳐서 일단 잠을 청한 뒤, 다음 날 새벽 동이 트자마자 다시 숟가락을 들고 케이크 앞에 앉았다. 그런데 이상했다. 먹을수록 즐거움보다 체증이 커졌다.

M은 타인의 선의를 의심하지 않고 누구도 함부로 비난하지 않는 친구였다. 그런 그녀가 유일하게 문제 삼았던 게 "가난이야 한낱 남루에 지나지 않는다"는 유명한 시구절이었다.

"이건 진짜 가난한 적이 없는 사람의 말이야. 이 시인은 가난을 몰라."

자신의 경험에 따르면 가난한 건 '한낱 남루'보다 훨씬 더 심각한 문제라고 했다. 그러면서 "애비는 종이었다"는 그 시인의 다른 시구절에 대해서도 과장이 심하다고 덧붙였다. 시인의 아버지는 실제로는 종이 아니라 마름, 즉 중간 관리자였단다.

M은 말했다.

"원래 지주보다 마름이 더한 거 알지?"

말리는 시누이가 더 얄밉고 이방 등쌀이 더 심한 것과 같은 이치라나.

아무튼 그 시인은 가난을 몰랐다. M이 아는 것만큼도 말이다. M은 개미지옥 같은 논술 첨삭 알바로 밤을 지새우다 독서실 칸막이에 엎어져 잠들었다. 오돌뼈 먹다 깨진 어금니 치료에 몇 달 치 생활비를 써야 했을 때 M이 눈물을 글썽이는 걸 처음 봤다. 심지어 이가 깨지는 아픔 속에서도 인상 한 번 찡그리지 않던 그녀였다. 그런 M이 사준 치즈케이크를 배가 별로 고프지도 않은 상태에서 탕진하는 건 진정한 방탕이 아니었다. 슬픈 극기였다.

그 무렵 주변 모두가 몰두하던 싸이월드는 세상의 축소판이자 이커머스계의 '시조새'였다. 도토리라는 가상화폐를 사용한다는 깜찍함은 있었지만 핵심은 결국 돈이었다. 도토리는 한 알에 100원이었다. BGM 한 곡을 사려면 도토리 다섯 알이 필요했다. 스킨은 최소 열 알이었다. 특히 스킨에는 유효기간이 있었다. 구매 후 일주일에서 1년까지 정해진 기간이 끝나면 이용이 만료됐는데 대여 기간이 길수록 가격도 높았다. 1년 쓰는 데는 도토리 마흔다섯 알이 필요했다.

미니홈피 안에는 아바타인 미니미가 생활하는 미니룸이 있었는데, 방을 꾸미려면 또 도토리가 들었다. 현관과 창문을 달고 벽지와 바닥 문양을 골라야 했으며 가구도 장만해야 했다. 식탁 하나에 도토리 다섯 알이었는데 그 위에 올릴 음식이나 식기도 모두 따로 사야 했다. 방 하나를 제대로 완성하려면 도토리가 최소한 백 알에서 삼백 알은 들었다. 모든 게 도토리, 온통 도토리를 요구했다. 싸이월드의 상업주의에 염증을 느낀 이들이 '안티 싸이월드'를 만들고 '도토리 물가 대할인 운동'을 펼치기도 했을 정도다.*

하지만 그 시절에도 미니홈피에 아낌없이 돈을 쓰는 이들이 있었다. 화려한 아이템으로 치장한 미니홈피는 한눈에 봐도 티가 났다. 그리스 산토리니 해변가나 베르사유궁전을 완벽하게 재현한 이국적인 미니홈피와 한껏 치장한 미니미. 이런 곳은 스킨이나 미니룸뿐 아니라 글꼴까지 번쩍였다. 무료 서체는 일반 고딕체였지만, 도토리 열 알을 내면 특이한 글꼴을 살 수 있었기 때문이다. 마치 하이테크로만 가득 찬 묵직한 필통을 보는 것 같았다. 아찔했다. 나는 망가진 하이테크 펜 하나에 신을 찾던 사람이었다. 2002년 한일 월드컵을 성공적으로 치러낸 IT 강국 대한민국에 살면서 '나의 소원은 홀치즈케

* 「"도토리 너무 비싸요" …싸이월드 이용자 원성 높아」, 《아이뉴스24》 2004년 8월 24일.

이크'라고 궁상떨던 나란 사람은, 고작 일주일 쓰는 스킨을 이삭 토스트 하나와, 글꼴 같은 것을 지하철 티켓 한 장과 맞바꿀 수 없었다. 하루 평균 다섯 번 이상 접속할 만큼 내 영혼의 일부가 실제로 거주했던 공간이었지만, 내가 미니홈피에 쓸 수 있는 최대한은 도토리 다섯 알이었다. 참을 수 없을 만큼 꽂힌 노래가 생길 때쯤 BGM을 하나씩 사는 용도였다.

'도토리 다섯 알'은 나의 주제이자 분수였고 합리적 소비, 부담 없는 호의, 건강한 우정을 규정하는 척도였다. 소망상자*에 담아둔 BGM을 가끔 친한 친구들과 선물로 주고받았다. '당신에게 도토리 다섯 알은 아깝지 않습니다'라는 뜻이었다. 최소 열 알의 도토리가 필요한 스킨을 선물하는 경우도 있었다. 그건 '매우 고맙습니다' '아주 미안합니다' '생일 축하합니다'처럼 특별한 감정을 드러내고 싶을 때 썼다. 가끔 도토리 열 알이 넘어가는 경우도 있었다. '당신은 내 사람'이란 뜻(혹은 열망)이었다. 만약 그런 생각도 없이 도토리를 스무 알 넘게 상습적으

---

* 싸이월드에서 판매하는 음원, 스킨, 웹폰트 등 여러 아이템 중 가지고 싶은 것을 담아놓던 곳. 친구들의 소망상자를 조회해서 원하는 아이템을 선물해줄 수 있었다.

로 남발하는 사람이 있다면 적어도 내 기준에서 그건 심한 허세가 있거나 관계의 결핍으로 인한 불안이 있거나, 사기꾼이었다.

나는 도토리 다섯 알이 가장 편안한 사람이었다. 도토리 다섯 알은 학교 앞 호프집의 생맥주 한 잔이었고, 정경대 후문 식당에서의 옛날식 돈가스 한 접시였으며, 명동 보세숍에서 파는 교환 환불 안 되는 티셔츠나 짝퉁 리바이스 진청 치마, 하나 사면 하나 더 주는 캔버스 에코백 같은 거였다.

학교 근처 빌라촌의 반지하방과 손바닥만 한 고시원에 몰려 살던 나와 친구들은 취업 준비에 지칠 때면 캔 맥주를 사 들고 학교 중앙광장 잔디밭에서 미래에 대한 계획을 세우며 스트레스를 풀었다.

우리 취업하고 돈 벌면 이런 우중충한 데서는 놀지 말자. 좋은 바에서 칵테일 마시자. 지금은 스커트 하나 사면 어울리는 카디건 장만하는 사이 계절이 바뀌고 카디건까지 사고 나면 같이 신을 구두가 없지만, 그 덕분에 사시사철 패션이 미완성이지만, 그때는 완성된 패션을 갖추고 다니자. 네일 관리도 정기적으로 받자. 이왕이면 리얼레드로 바르자. 인사동에서 싸구려 풍경이랑 라면 젓가락 같은 건 그만 사고 고미술품이나 제대로 된 그림을 쇼핑하자. 도토리 다섯 알 인생의 굴레를 부디 벗어나자. 우리도 한번 '기깔나게' 살아보자.

육아휴직 마치고 복직 기념으로 명품 가방을 하나 장만했다. 명품 러기지백을 말 그대로 짐짝처럼 들고 다녀보는 것이 나의 새로운 꿈이 됐지만, 현실은 내가 가방 옆의 러기지였다. 상품권 신공에 카드 포인트와 영혼까지 끌어모아 신상 가방을 산 뒤, 금장 체인에 실금이라도 날까 봐 극진히 모셨다. 그런데 출근한 지 일주일도 되지 않았을 때, 평생 그 수많은 싸구려 가방에는 단 한 번도 일어나지 않던 일이 벌어졌다. 손에 자꾸 검댕이가 묻어나는 게 이상해서 흔적을 따라가다 혹시나 싶어 가방을 열어보니 만년필 잉크가 흘러 내부 캔버스 천이 시커멓게 젖어 있었다. 미드 〈CSI〉의 가장 충격적인 범죄 장면을 본 것처럼 말문을 잃었다. 아니, 그건 드라마 속 가짜 혈흔이나 시체 연기보다도 훨씬 심각한 '실제 사태'였다.

새로 산 하이테크의 볼이 하루 만에 빠져버린 불행이 찾아왔던 때처럼 '신이시여!'를 삼키며 생각했다. 볼 빠진 하이테크를 필통에 넣고 다니던 사람이 자라면, 안감이 잉크로 젖은 구찌 가방을 메고 다니는 사람이 되는 것일까. 누군가 GG로고가 선명한 블랙 카프스킨 체인 백의 안감이 잉크로 더럽게 얼룩진 걸 보면 '아… 니가 어떤 사람인 줄 정, 말, 로, 알겠어'라는 표정을 짓겠지. 명품은 들고 싶고, 근데 돈은 없고, 그래서 짝퉁이나 드는. 하지만 맹세코, 결단코,

나는 정말 그런 사람은 아니었다.

전 국민 주택 보급 시대가 열리다

1990년대 초, 시장 어귀에 있던 컴퓨터 학원에서 도스 명령어와 베이직 같은 걸 배우던 때가 있었다. 가정용 컴퓨터가 급속히 보급되면서 컴퓨터 학원에 다니는 것이 바이엘과 체르니를 배우는 것처럼 초등학교 필수 사교육으로 여겨지던 때였다. 선생님은 컴퓨터가 네, 아니면 아니요밖에 대답하지 못하는 기계라고 했고, 그 때문에 IF를 이용한 조건문을 써서 원하는 명령을 수행하도록 프로그램 순서도를 만들어야 한다고 했다.

"그게 컴퓨터와 인간이 의사소통하는 방식이야."

하지만 십진법을 쓰는 인간이 이진법의 컴퓨터와 소통하는 건 그리 호락호락한 일이 아니었다. 간단한 연산 하나를 시키기 위해 둥근 네모, 육각형, 사다리꼴, 마름모꼴과 화살표가 난무하는 순서도를 짜야 한다는 걸 알았을 때 나는 이미 컴퓨터에 완전히 흥미를 잃었다. 정성껏 입력한 내 명령어에 올록볼록한 386 컴퓨터는 도르륵, 도르륵 소리를 내며 히스테릭한 반응을 보였다. 도무지 대화가 안 되는 불통의 존재였다.

대학에 입학했을 때 그 시절의 갑갑함이 잊고

있던 숙제처럼 다시 튀어나왔다. 필수교양 과목인 '정보화 사회와 인문학' 실습시간이면, 지난한 시름이 시작됐다. 지시한 명령을 수행할 수 없다고 버티는 컴퓨터를 한 학기 내내 마주해야 했던 고통은 학기 말 최종 평가 과제가 던져지며 정점을 찍었다.

HTML(Hyper Text Markup Language · 웹언어)을 이용해 홈페이지 만들기.

2000년대 초반 도메인을 선점한 덕에 벼락부자가 되었다는 전설적인 이야기와 함께 개인 홈페이지 만들기가 큰 인기를 끌었다. '나모 웹에디터'처럼, 컴퓨터 전문가가 아니어도 비교적 쉽게 홈페이지를 제작할 수 있는 툴이 개발되며 '내 집' 만들기에 도전하는 이들은 더 많아졌다. 인터넷에 자신만의 공간을 가진다는 건 누구에게나 자신 있게 내밀수 있는 눈부신 명함을 갖게 된 것과도 같았다. '운영자'란 명칭으로 자신의 홈페이지를 관리하는 이들은, 진취적이고 미래지향적으로 삶을 운영하는 사람처럼 보였다.

나도 그런 운영자가 되고 싶었다. 다만 컴퓨터와 악연의 역사가 길다는 게 문제였다. 컴맹도 5분

만에 뚝딱 만들 수 있다는 책을 사서 한 줄 한 줄 따라 해보기도 했다. 하지만 컴퓨터는 늘 책에는 나오지 않는 오류로 응답했다. 그런 내게 HTML로 홈페이지를 만들라는 건 초등수학도 헤매는 사람에게 미적분을 풀어보라고 하는 것과 마찬가지였다. 동기 M과 과제를 두고 전전긍긍하다가 이딴 걸 왜 하는지 모르겠다고 푸념했다.

"그러게. 가입만 하면 홈페이지가 개설되는 시대에 말이야."

M은 무심히 대꾸했다. 하지만 나는 그 말에 눈이 번쩍 뜨였다. 가입만 하면 인터넷에 홈페이지가 개설된다니! 홈페이지란 무릇 복잡한 ';' '=' '/' '⟨⟩'와 알파벳으로 가득한 기괴한 컴퓨터 언어로 만들어지는 것 아니었나? '원하는 명령을 수행할 수 없다'며 무서운 속도로 암호문을 쏟아내는 검은 화면을 떠올리며 어리둥절해하는 내게 M이 말했다.

"아, 아직 싸이월드 몰라?"

싸이월드가 내 인생에 처음으로 치고 들어온 역사적인 순간.

M은 하던 일을 잠시 멈추고 설명하기 시작했다. 최근에 새로 생긴 인터넷 사이트인데 그곳에 가입하면 홈페이지가 개설된다, 자신만의 주소도 있고,

손쉽게 사진첩, 다이어리, 게시판, 방명록 등을 만들 수도 있다, 관리자가 되어서 홈페이지를 마음대로 운영한다, 그걸 미니홈피라고 한다….

들으면서도 믿기지 않았다. 토목기술의 혁명적 변화로 주택 대량 공급이 가능해진 것과도 같은 일이었다. 누구나 인터넷에 표준화된 형태의 번듯한 '내 집'을 가질 수 있단 말이었다. 그것도 공짜로 말이다. 최신 공법으로, 가장 세련되게 지어진 집이었다. '방문을 환영합니다' 같은 명조체 글자가 춤추듯이 흘러나오는 어설픈 홈페이지가 아니었다. 사진은 화면 왼쪽 구석에 붙어 있고 설명은 반대쪽 구석에 있는 페이지를 고치기 위해 HTML이나 나모 웹에디터 앞에서 두통에 시달릴 필요도 없었다.

M은 더 놀라운 이야기를 들려주었다.

"가입자들끼리는 서로 '일촌'이란 걸 맺어서 댓글이나 방명록을 남기고 교류할 수 있어."

"친구끼리 일촌이라니 무슨 콩가루 족보야?"

하지만 M은 한가하게 웃고 있을 일이 아니라는 듯 나를 지긋이 바라보았다.

"나하고 P는 이미 일촌이야. D와도 일촌이고."

그제야 웃음을 멈췄다.

"잠깐만. 그럼 너희 나 빼고 다 일촌이란 걸 맺

은 거야?"

싸이월드가 본격적으로 미니홈피 서비스를 시작한 것이 2002년 말. 내가 싸이월드에 처음 가입한 것은 2003년 11월경이었다. 'SIMPLE LIFE'라는 제목을 가진 홈페이지가 탄생했고, 단발머리에 분홍색 하트 무늬 티셔츠를 입고 있는 미니미가 생성됐다. 꿈에 그리던 운영자가 됐다. 진정한 의미에서 '컴맹도 5분 만에 뚝딱' 만들 수 있는 최초의 홈피였다. 사진이든 글이든 업로드만 하면 됐다. 온전히 콘텐츠에만 집중할 수 있는 환경을 갖추고 있었다.

첫 일촌은 싸이월드의 존재를 알려준 M과 맺었다. 일촌명은 '울트라캡숑짱미녀'로 지었다. M의 홈피로 구경 갔더니 M이 일촌을 맺고 있는 친구 목록을 볼 수 있었다. 그들의 미니홈피로 이동하는 것을 '파도타기'라고 불렀다. 나는 사이버 서핑의 즐거움을 금방 깨쳤다. 새로운 친구의 미니홈피에서 또 다른 친구의 미니홈피로 넘실대는 파도를 탔다. 오프라인에서는 근황을 알기 어려운 이들, 친해지고 싶었지만 마땅한 기회가 없던 이들에게까지 금방 닿을 수 있었다.

사람 구경 좋아하는 내게 미니홈피는 정보의

보고였다. 캠퍼스 커플이 된 이후 동기 모임에 가물에 콩 나듯 나오던 이들이 어디서 알콩달콩 데이트하고 있었는지 알 수 있었고, 누가 누구에게 관심이 있는지 댓글과 방명록만 봐도 파악할 수 있었다. 일상에서 지나쳤던 이들의 숨겨진 진면목도 볼 수 있었다. 신입생인지 교수님인지 구분이 안 가던 패션 테러리스트 동기는 하루키 뺨치는 필력의 소유자였다. 장난기 많은 친구라고만 생각했는데 미니홈피엔 에곤 실레의 파격적 드로잉과 버지니아 울프의 우울한 글귀가 가득했다. 직접 찍어서 올려둔 인물과 풍경 사진이 프로급인 선배들도 있었다. 구경할수록 사람들의 새로운 매력을 발견하게 됐다. 다들 자신만의 우주를 가진 고유하고 독특한 존재였다.

싸이월드는 평행우주와도 같은 신비의 세계였다. 같지만 같지 않은 사람들, 알지만 몰랐던 이들이 그곳에 가득했다. 그들은 기꺼이 취향을 공개했고 내밀한 삶과 생각을 열어젖혔다. 캠퍼스나 강의실에서 한두 번 지나치거나 데면데면했던 짧은 대화만으론 다 알 수 없었던 모습을 기꺼이 보여주고 있었다. 파도 타는 재미에 푹 빠져 시간이 금방 갔다. 용기를 내서 몇 명에게 일촌 신청을 보내봤다.

"드디어 너도 도토리 줍는 대열에 합류했구

나.”

　　일촌을 수락하는 쪽지가 도착하니 아드레날린이 솟구쳤다. 분명히 다 알던 이들인데, 왠지 더욱 친밀하게 느껴졌다. 대면하는 것과도, 문자나 채팅과도 다른 유대감이었다. 왜 이 관계를 일촌이라고 하는지 새삼 이해가 갔다. '나'를 보여주는 공간이었다. 기숙사의 어질러진 책상, 고향 집 마당 풍경, 어린 시절 생일잔치 모습까지 볼 수 있었을 뿐 아니라 신학기 가입할 동아리 고민, 어제 읽은 책의 독후감, 좋아하는 누군가를 향한 속 타는 마음까지 공개돼 있었다. 서로의 패를 거리낌 없이 내보인 이곳에서의 관계는 특별한 명칭이 필요했다. 싸이월드 일촌은 혈육과 구분되는 감성의 촌수였다. 일종의 '정서적 친족 관계'였다.

　　연이어 도착하는 일촌 수락에 들뜨고 있는데 갑자기 미니홈피 상단의 '투데이'(TODAY) 숫자가 0에서 1로 변했다. 잠시 후 숫자가 2, 3으로 올라갔다. 누군가가 보고 있단 뜻이었다. 유명인도, 인기인도, 공인도, 유망주도 뭣도 아닌 바로 나의 미니홈피를 말이다. 도파민 분비 지수가 급격히 높아졌다. 가상의 시선을 한번 느끼고 나자, 그때부터 이상한 욕망이 샘솟았다. 나도 그들처럼 내가 누구인지 보여

주고 싶었다. 어떤 생각을 하며, 어떻게 살고 있고, 무엇을 좋아하는지, 어떤 꿈을 꾸고 있는지. 관음증과 노출증이 교차하는 지점에서 작동하는 싸이월드 중독의 메커니즘에 스며드는 순간이었다. 나는 '버퍼링'이라는 이름의 게시판을 만들고 첫 글을 썼다. 제목은 '눈물을 찾습니다'. 화장실에서 소프트렌즈를 떨어뜨리고 세면대를 더듬는 내게 청소 아주머니가 "눈물 찾아요?"라는 환유적(?) 질문을 던진 일화를 다룬 글이었다. 글을 올린 뒤에 몇 번이나 조회수를 살펴보며 들락날락하기 시작했다. 그렇게 그곳에, 그 세계에, 정신없이 빠져들기 시작했다.

라디오헤드가 가고 핑크퐁이 왔을 때

싸이월드 BGM은 한 시절의 지문이었다. 당시의 처지와 심경을 대표하는 가장 의미심장하고 함축적인 노래가 수많은 경쟁률을 뚫고 배경음악이 됐기 때문이다. 한 곡씩 일일이 구매해야 했기 때문에 무한 스트리밍 시대의 즐겨듣기 목록처럼 즉흥적으로 노래를 선택할 수 없었다. 휴대폰 컬러링이나 삐삐 음성 사서함처럼, 신중하게 고른 한 곡이 그 시기의 자신을 표현하고 상징하는 대표곡이 됐다.

서비스 파행을 겪고 있는 싸이월드에 모처럼 접속했을 때 가장 궁금했던 건 과연 어떤 노래가 나의 마지막 BGM이었을까였다. 2013년에 올린 사진이 마지막 게시물이었던 그곳에 설정된 배경음악은 라디오헤드의 〈노 서프라이즈(No Surprises)〉였다. 1997년 발표돼 대중음악사에 길이 남을 명반이 된 《오케이 컴퓨터(OK Computer)》에 수록된 곡이었다. 이 음반에 실린 노래는 모두 외울 만큼 수도 없이 반복해서 들었고 뛰어난 BGM 후보들도 많았다. 하지만 최후의 곡이 〈노 서프라이즈〉였던 데는 짐작 가는 이유가 있었다.

이 노래가 결정적으로 의미심장해진 것은 기자가 된 이후부터였다. 일간지 기자의 삶은 징글맞은 '서프라이즈'로 점철돼 있었다. 24시간이 긴장 상태였고 출퇴근의 경계가 없었다. 사건은 때를 가려가며 발생하지 않았기에 오밤중에 전화가 울려도 '반드시' 받아야 했고, 밥을 먹다가도 '당장' 튀어가야 했다. 급기야 정적 속에서 수시로 전화벨 소리가 들리는 환청 증세가 생겼다. 사건, 사고, 재해, 범죄 현장을 찾아다니는 사회부 수습 시절엔 말할 것도 없었고, 산업부, 문화부 등으로 부서를 옮겨도 일의 본질은 동일했다. 연합뉴스 속보 알람을 끊고 살 수 없었다. 신선한 바람 쐬며 커피 한잔 사러 나선 아침부터 비위 혐의로 수사받던 지방 공무원의 자살 소식을 확인해야 하는 삶은 기본적으로 행복할 수 없었다. 그만 서프라이즈 하고 싶었다. 그만 알고 싶었다. 그래도 됐던 시절로 돌아가고 싶었다. 싸이월드 마지막 BGM을 설정했을 당시 나는 일에 어지간히 지친 입사 5년 차였다. 〈노 서프라이즈〉의 가사 한 줄 한 줄이 내 마음을 대변했다. 내가 원한 건 알람도 놀람도 없는 침묵 그 자체였다.

마음이 쓰레기장처럼 꽉 찼어요 A heart that's full up like a landfill
그 일이 당신을 천천히 죽이네요 A job that slowly kills you

낫지 않는 멍자국처럼 Bruises that won't heal
당신은 지치고 불행해 보여요 You look so tired
unhappy

　속물주의자가 사람을 브랜드로 분류하고 책 덕
후가 사람을 책장으로 짐작하듯이, 싸이월드에 빠진
사람들은 상대를 BGM으로 가늠했다. 이자벨 마랑
과 유니클로가 다른 것처럼 보르헤스를 읽느냐 하루
키를 읽느냐는 달랐고, 라디오헤드를 듣느냐 웨스트
라이프를 듣느냐는 완전히 달랐다.
　나는 노래에 따라 사람의 유형을 분류했다. 누
구나 알던 당대의 대중가요나 댄스곡을 BGM으로
해두는 이들 중에는 대체로 성격 좋고 원만한 스타
일이 많았다. 하지만 독서 목록에 자기계발서만 잔
뜩 있는 것과 비슷한 인상을 줬다. 사람은 좋은데,
진짜 인생은 모르는 느낌이었다. 팝이나 월드뮤직을
좋아하는 사람들도 있었는데 대개 자유분방하고 개
성이 강했다. 특히 일본 가요를 BGM으로 해놓은 미
니홈피 특유의 분위기가 있었다. 미야자키 하야오
애니메이션 캐릭터 같은 귀여움 속에 엑스재팬적 다
크함과 영화 〈러브레터〉의 센티함을 동시에 가진 느
낌이었다. 뉴에이지형은 자기애와 자아도취 성향이

강하고 감상적이며 유약한 스타일이 주를 이뤘다. 이를테면 한 학기 내내 〈이등병의 편지〉를 부르며 술자리 때마다 울었는데 계속 군대는 안 가는 유형. 송별회만 몇 달째 하다 지쳐서 군대 가긴 가냐고, 입영통지서 온 건 확실하냐고 짜증 내게 되는 그런 스타일이랄까. 인디밴드형, 하드록형은 예술적 감식안에 대한 (아무도 몰라주는) 자신만의 철학과 자부심을 보유한 경우가 많았다.

이 중에서 나는 뉴에이지와 인디밴드를 적당히 오가는 유형이었다. 여기저기서 유키 구라모토와 이루마, 스티브 바라캇이 울려 퍼지고 롤러코스터와 루시드폴, 라디오헤드의 목소리가 흘러나오던 시절이었다. 이런 음악이 밀란 쿤데라나 무라카미 하루키, 폴 오스터, 알랭 드 보통 같은 작가들과 함께 당시 대학가를 풍미했다. 주변 선후배와 친구들을 따라서 그런 감성 코드를 익힌 뒤 싸이월드 BGM을 세팅했고, 태어날 때부터의 내 취향인 양 여겼다. 취업한 이후에도 그 시절 들었던 노래가 위선적인 사회생활 뒤에 가려진 진짜 나의 모습을 드러낸다고 생각했다.

그 무렵 나는 극심한 '직춘기'(직장인사춘기. 입

사 3~5년 차 무렵 극대화된다)를 앓으며 방황 중이었다. 하루만 지나면 폐지가 될 종이에 활자를 채우기 위해 계속 소모되는 것 같았다. 어디에도 '진짜 나'는 없었다. 〈노 서프라이즈〉의 우울한 선율에 잠길 때마다 멸종 위기 동물을 떠올렸다. 앨버트로스와 듀공, 북극곰처럼 존재는 하되 사라지고 있는 게 나라는 생각이 들었다. 있기는 있지만, 조금씩 있었다. 그리고 언젠가는 정말 사라질 것만 같았다.

모처럼 만에 마지막 BGM 〈노 서프라이즈〉를 들어보고 싶었다. 하지만 이미 반쯤 먹통인 미니홈피에서는 아무리 클릭해도 재생이 되지 않았다. 디즈니 OST와 동요로 가득 차버린 음원사이트 스트리밍 리스트에 옛 노래를 추가했다. 딩동딩동. 그 유명한 초인종 멜로디가 흘러나오기 시작했다. 실로폰과 함께 변주되는 그 집요한 딩동거림과 함께 잠들어 있던 멜랑콜리의 세포들이 기포가 터지듯이 하나 둘 깨어났다. 하지만 한 번으로 족했다. 브릿팝으로 가득 찼던 플레이리스트가 '도담도담' 어플의 여덟 가지 백색소음과 핑크퐁 〈상어 가족〉으로 대체된 지 너무 오래돼서였을 것이다. 라디오헤드의 그 몽환적인 감성은 여전히 심장을 두근거리게 했을지언정, 더는 내게 어울리지 않았다.

알랭 드 보통을 좋아했던 친구 D는 둘째 임신 7개월 차에 그의 신작을 사서 보다가 반도 읽지 못하고 집어던졌다고 실토했다. 첫째 뒤치다꺼리에, 끝나지 않는 입덧에, 출퇴근까지 해야 하는 워킹맘 임신부에게 '사랑'에 대해서 운운하는 그의 책은 '미안하지만 개뿔 헛소리'일 뿐이었단다.

나 역시 그랬다. 칭얼대는 아이를 재우기 위해 어플에서 흘러나오는 진공청소기 소리를 30분째 들으며 무념무상에 빠지는 삶, '울퉁불퉁 멋진 몸매에 빨간 옷을 입은 토마토'에 관한 동요를 무한반복으로 들어야 하는 삶에서 라디오헤드가 깨운 멜랑콜리란 털 날리는 앙고라 니트이자 몇 걸음 떼기도 힘든 스틸레토 힐 같은 것이었다. 아름답지만 쓸모 없었다. 그런 노래들이 불러일으켰던 우울한 감정, 실체가 불분명한 갈망으로 인한 고통에 허비할 시간이 없었다. '일 때문에 당신 마음에 가득 찬 쓰레기' 같은 건 큰 문제가 아니었다. 팔 걷어붙이고 치우면 되는 폐기물일 뿐이었다.

오랜만에 들은 〈노 서프라이즈〉가 내 삶의 진짜 '서프라이즈'를 보게 했다. 세상의 중심이 오로지 나 자신이던 시절, 나 이외 모든 문제에 대해 '아웃 오브 안중'이던 지극히 자기중심적이던 시절이 어느새 싸이월드와 함께 저편으로 밀려났다. 더 이상 재생되지 않는 BGM들처럼 멈춰버렸다. 대신 새로운 것들이 왔다. 아이들은 먼 미래와 현재를 이어주는 신비로운 물리적 실재였다. 그 작고 통통한 손을 꼭 잡을 때, 나는 그들이 자라날 미래와 연결됐다. 어설픈 자기 연민 속에서 투정 부리는 것 말고 실제로 해야 할 일이 많았다. D처럼 읽던 책을 날려버리지는 못하더라도, 듣던 음악을 끄고 기꺼이 '동요 나라 100곡'을 틀 준비가 돼 있었다.

라디오헤드에 심취했던 시절 나는 스스로 어른이 됐으며, 어떤 사람인 줄 안다고 생각했다. 하지만 돌이켜보면 그들이 가고 핑크퐁이 온 순간, 그 변화에 기꺼이 몸을 맡긴 순간이 내가 진짜 어른이 된 순간이 아니었을까. 무엇보다도 나는 보호받아야 할 유약한 멸종 위기 동물이 아니었다. 끈질긴 생명력을 자랑하는, 한반도의 토착 생물이었다.

싸이월드는 사랑을 타고

몇 년 전 일 때문에 알던 사람이 카카오톡 친구 목록 상단에 떴다. 프로필을 눌러봤더니 대자연의 광활함을 담아낸 사진과 함께 '겸손의 리더십'이란 구절이 쓰여 있었다. 나도 모르게 코웃음이 나왔다. 겸손과 가장 어울리지 않는 사람을 딱 한 명만 꼽으라면 그게 바로 그였다. 그와 얽힌, 결코 유쾌했다고 할 수 없는 기억들이 스멀스멀 고개를 디밀기 시작할 때, 한 가지 의문이 생겼다.

"잠깐, 근데 이딴 걸 내가 왜 확인하고 있지?"

카카오톡 덕분에 말 그대로 '아무나'와 실시간으로 연결되는 시대가 됐다. 휴대폰에 여전히 번호가 저장돼 있는지조차 모르고 살던 이들, 궁금하지도 보고 싶지도 않은 생뚱맞은 이들의 생일을 매일 카테고리 상단에서 확인한다. 덕분에 10년 전 딱 한 번 명함을 교환했던 모 대학 교수의 구청장 출마 소식과 오래전 통화한 게 전부인 홍보 담당자의 둘째 딸 백일까지 안다. 이런 시대에 정말 그리운 누군가와 '소식이 끊기는' 일이 일어날 수 있을까.

그런데 마치 구석기시대 일처럼 느껴지는 그런 일이 여전히 일어난다. 적어도 내 경우는 그렇다. 〈TV는 사랑을 싣고〉 같은 프로그램이 내 삶에 필요할 때가 있다. 2000년대 초반, 그러니까 우리가 카카오톡과 페이스북이라는 '액체괴물'로 인해서 이렇게 아무하고나 끈끈하게 얽히기 전에 벌어진 일이다. 느슨하면서도 정다운 관계를 유지했던 이들과의 연락이 많이 끊겨버렸다.

당시만 해도 휴대폰을 바꾸다 연락처가 몽땅 사라지는 일들이 빈번했다. 백업이 지금처럼 간편하게 되지도 않았고, 카카오톡처럼 PC와 자동으로 연동되는 메신저 프로그램도 없던 시대였다. 내 경우엔 직장 생활 초기, 일 때문에 휴대폰 교체가 잦았고 그 기간 많은 친구들의 연락처가 유실됐다. 학과나 동아리, 입사 동기처럼 특정한 구심점을 가진 인맥은 금방 복원이 됐지만 현재의 생활 반경에서 멀리 떨어져 느슨하게 연결된 이들은 그냥 그렇게 사라졌다. 가끔 멍하게 딴생각에 빠지는 날이면 기억의 실타래가 이어져서 이들의 안부로까지 이를 때가 있다. 잘 살고 있을까 정말로 궁금해지는 사람들이다. 하지만 유일한 연결고리였던 싸이월드마저 몰락의 강을 넘지 못하면서 안부를 확인할 방법이 묘연해졌다.

1980년대 지어진 낡은 대학 기숙사에서 룸메이트 S를 만났다. 2층 침대에 누우면 천장이 너무 가까워서 속이 울렁거렸다. 낯설고, 불편하고, 불안했다. 그 열악한 곳에서 S는 늘 생글생글 웃는 얼굴로 나를 반겨줬다. 재수한 나보다 한 살 어렸지만 생일이 같았고, 이름에 들어간 '선'(仙)이란 한자도 같았다. 나이 따지는 한국에선 재수생에게도 연장자 대우를 해줬다. 과 동기 중 상당수가 나를 언니라고 불렀고 덕분에 한때 '인생 좀 아는' 왕언니 노릇에 심취하기도 했다. 하지만 S는 처음부터 날 이름으로 부르며 완벽하게 '한 명의 친구'로 대했다. 나는 S의 그런 당당함과 공정함이 좋았다.

그녀는 외고에서 노어를 공부했고 대학 역시 노문과로 진학했다. 귀엽고 아담한 한국 여자애 입에서 나오는 시베리아 자작나무 같은 발음은 늘 신선한 충격이었다. S는 모두가 싸이질에 한창이던 싸이월드의 전성기에도 미니홈피를 즐겨 하지 않았다. 자신의 삶을 굳이 누군가에게 호들갑스럽게 전시할 필요를 느끼지 못하는, 내면이 단단한 사람이었다. S는 싸이질에 심각하게 빠진 나를 배려해서 이렇게 말해줬다.

"사진 저장하긴 편리해. 아카이브 용도로는 나쁘지 않은 것 같아."

싸이월드의 한 가지 효용을 언급한 것일 뿐이

었는데도 마치 내가 칭찬받는 것 같았다. S에게 내 싸이질이 완전히 쓸모없고 한심해 보이지만은 않은 듯해 기뻤다. 그리고 그때는 모두 그렇게 믿었다. 우리의 추억은 싸이월드에 영원히 안전하게 저장돼 있을 것이라고. 하지만 그 아카이브는 도산했고 우리의 추억은 파기됐다. 기숙사를 나온 뒤로 S와 연락할 일이 조금씩 줄어들더니 각자 해외로 연수도 다녀오고 취업 준비를 하면서 소식이 뜸해졌다. 내가 언론사 입사 준비에 한창일 때, S는 통번역대학원에 진학할 것이라고 근황을 전해왔다. 그걸 끝으로 연락이 끊어졌다.

그 시절을 가만히 되짚어 돌아가면 S 같은 이들은 더 많아진다. 여자들의 우정이 시작될 때, 대가 없이 뭉클한 호의가 싹트는 어떤 순간들이 있다. 스무 살의 Y는 소규모 세미나 수업에서 알게 된 친구였다. Y는 누군가를 배웅해주는 걸 좋아했다. 수업이 끝나고 잠시 나누는 대화가 아쉬웠는지 늘 바래다주겠다면서 따라왔다. 그날은 계단이 너무 많아 Y가 돌아가기 힘든 지점까지 왔다. 이제 그만 가보라고 만류하자 그녀는 마지못해 머쓱하게 손을 흔들고 도서관 계단으로 뛰어올랐다. 그 뒷모습이 이유 없이 그리워질 때가 있다.

K는 뭘 하고 살까. 지방에서 상경해 대학에 입학한 뒤 마땅한 교회를 찾지 못했을 때 K와 나는 내수동에 있는 한 교회에 몇 달간 함께 다녔다. 서울 시내 길을 전혀 몰라서 멀지 않은 곳인데도 지하철을 두 번씩 환승했다. 한 학기가 거의 다 지나고서야 매주 진땀을 흘리며 찾아간 곳이 버스 한 번에 갈 수 있는 곳이란 걸 알게 됐다. 황당해서 둘이 한참 웃었지만, 그 헛고생 덕분에 우리의 유대감은 더 돈독해졌다. 상경 즉시 서울말을 흉내 내며 출신지 숨기기에 급급했던 나와 달리 K는 시원시원하게 부산 사투리를 쓰는 호쾌하고 소탈한 친구였다. 수능에서 실수한 바람에 가고 싶은 대학을 못 간 게 고민이었는데, 가을바람 불던 무렵 재도전해보겠다며 사라졌고, 다음 해에 S대에 입학했다고 연락이 왔다. 자주는 아니더라도 명절이나 연말이면 안부 문자를 꼭 주고받았는데, 휴대폰을 몇 차례 바꾸면서 K의 씩씩한 미소도 내 주파수 안에 더 이상 잡히지 않게 됐다.

이 모든 끊김과 단절은 전혀 원하지 않았는데 어쩌다 보니 일어나게 됐다. 때로 사람들은 필요에 의해서 서로에게서 멀어지기도 한다. 2000년대 초반 네이버 지식 검색에는 '일촌 끊기 하면 상대방이

알까요?' '일촌 신청 삭제는 어떻게 하나요?' '일촌 신청 거절하면 통보가 가나요?' 등의 질문들이 넘쳐났다. 싸이월드와 MSN 메신저가 페이스북으로, 카카오톡으로, 인스타그램으로 바뀌었을 뿐 관계의 어려움을 겪는 이들이 궁금해하는 것은 여전히 동일하다. 차단하고 끊어내고 싶은 사람들, 안 보고 싶은 사람들이 여전히 주변에 득실대고 있다. 그런데 무슨 이유에서, 인생의 한 시기에서 저렇게 각별했고 여전히 그리운 사람들과는 제대로 연결되지 못하는 것일까. 잠깐의 스침조차 끈질기고 집요하게 이어지고 재생되는 시대인데 정작 보고 싶은 사람들과 단절되는 것은 초연결시대의 아이러니다.

오랜만에 만난 사람들이 같은 마음인 경우가 생각보다 많지 않다. 서로 동일한 데시벨로 반가운 마음이 드는 건 차라리 마법에 가깝다. 나는 좋은데 상대는 시큰둥하기도 하고, 저쪽에선 반가워하는데 오히려 내 쪽에서 영 내키지 않는 경우도 있다. 세상일이 그렇다. 좋다가도 미묘하게 틀어지고, 멀어지고, 서운해지고, 불편해지기도 하는 것이 관계이기 때문이다.

아마도 그래서 그들의 목소리는 그렇게 떨리지 않았을까.

"○○야, ○○야! 나왔니?"

어린 시절, 볼록한 브라운관 TV로 즐겨 봤던 그 인기 프로그램 속에서 출연자들은 그리운 이름을 부를 때 늘 곧 눈물이 터질 것처럼 긴장하며 안절부절하곤 했다. 진행자들이 "더 크게 불러보세요" "조금만 더 크게요"라고 여러 차례 격려해야 했다. 그들이 단번에 큰 소리로 상대를 부를 수 없었던 이유는 무엇일까. 왜 다들 모기 앵앵거리듯 조그맣게 이름을 되뇌고, 망설이고, 머뭇댔을까. 그건 지금이라도 내가 집요하게 구글링을 해 그들을 찾아내고 "안녕, 오랜만이지!"라며 무턱대고 들이댈 수 없는 이유와 비슷할지 모르겠다. 나는 그리운데, 그들은 어떨지. 나는 이런데, 당신들의 마음도 같을지. 시간은 얼마나 흘렀고, 얼마나 많은 것들이 달라졌을지. 우리의 마음은 그래서 얼마나 또 불쑥불쑥 요동칠지.

이제는 페이스북의 '알 만한 분'이나 인스타그램 '추천 팔로워'에도 뜨지 않는 사람들. 현대 소셜 네트워크의 알고리즘조차 추적하고 묶어내지 못할 만큼 느슨하게 멀어진 관계. 하지만 기계는 측정할 수 없을지언정 교차된 시간으로 끈질기게 연결된 우리. 기억만이 증명해주는 각별한 우정들. 세월은 어물쩍 흐르고 관계는 거기 뒤섞여 떠내려간다. 다시 부를 때 돌아보는 그들의 그 표정이 어떨지, 우리가 동시에 오랜 그리움과 반가움으로 서로를 향해 활짝 웃는 마법이 일어날 수 있을지 궁금하다. 더는 파도도 탈 수 없고, 댓글도 남길 수 없게 된 지금, 오래전 그 인기 텔레비전 프로그램의 양식을 빌려서 마음속으로만 가만히, 그리운 이름들을 불러본다.

내가 그의 이름을 지어주었을 때
그는 나에게로 와서 일촌이 되었다

싸이월드에서 가장 골치 아픈 관문은 일촌명 짓기였다. 새로 알게 된 누군가와 온라인에서 더 친밀하게 이어지려면 '일촌'을 맺어야 했는데, 그리려면 반드시 그 관계를 규정하는 이름을 지어야 했다. '나의119' '엔돌핀' '말이필요없는' '2gether'에서부터 '동네바보형' '1초원빈' '초록맥주병'에 이르기까지. 그러고 보면 싸이월드는 참으로 서정적인 플랫폼이었다. 그의 이름을 지어줘야만 비로소 그가 나에게 와서 일촌이 될 수 있었다. 당연히 그런 서정성에는 불편함이란 대가가 따랐다. 친구 신청이나 팔로잉을 하면 누구와도 즉시 관계 맺기가 가능한 페이스북, 인스타그램 등과 달리 싸이월드 세계에서 '인싸'가 되려면 창의력과 상상력, 문장력이 필요했다.

원래 친했던 사이라면 별 고민 없이 평소 부르던 별명이나 우스갯소리를 달면 됐다. '은정'이란 예쁜 이름을 가진 누군가의 일촌명이 '정팔이'라면 볼 것도 없이 그들은 오랜 친구였다. 하지만 그 밖의 대부분의 관계에서 일촌명이란 센스를 드러내는 척도가 됐다. 현재 그들 관계의 핵심은 '아는 선배' '과동기' '교회 언니' '교양국어 조모임'이 전부인데도, 일촌명에서만큼은 미사여구를 동원해서 그것 이상의 의미 부여를 하고 싶어 했다.

상대의 환심과 호감을 사고 싶을 때 일촌명은 특히 중요했다. 나 역시 잘 보이고 싶은 누군가를 위해 그럴듯한 일촌명을 고민했다. 내가 이상적으로 생각하는 일촌명은 상대의 개성이나 특징에서 가장 인상 깊은 점을 정확히 포착해 짧지만 위트 있고 절묘하게 미화한 것이었다. 이른바 '촌철살인형 일촌명'이었다. 상대가 '역시 너만은 날 알아주는구나' 하고 감탄하는 한편, 실물보다 잘 나온 인생 사진을 건졌을 때와 같은 만족감을 주는 일촌명 말이다. 아직 사적으로 친밀하지 않은 관계일 때에는 서로가 부담스럽지 않은 정도의 거리감을 유지하면서도 미래에 대한 따뜻한 기대를 드러내는 작명이 좋았다. 앞으로의 발전적 관계에 대한 소망을 담은 이른바 '미래지향적 일촌명'이었다.

하지만 기표는 언제나 기의에 가닿지 않았다. 대부분의 이런 시도는 예외 없이 실패했고, 내 능력으로 도달할 수 없었던 야망의 민낯만을 드러냈다. 고심 끝에 머릿속에서 나오는 것은 '원츄원츄피카츄' '울트라나이스맨'처럼 어딘지 B급 느낌이 나는, 하나같이 촌스러운 이름밖에 없었던 것이다. 일촌명을 지을 때마다 나라는 인간의 한계를 확인했다. 그래도 기발하게 짓고 싶다는 욕심은 끝끝내 버리지 못했기에 나중에는 의성어와 의태어 같은 무리수를 남발했다. '똑똑똑' '으샤으샤' '퐁당퐁당' 같은 몹쓸 일촌명들.

　그런 의태어와 의성어마저도 거의 바닥이 날 무렵, 청계천변 한 신문사에 입사했다. 기자직 동기들은 열 명 안팎이었다. 다들 비슷한 또래인 데다 같은 꿈을 꿔왔던 이들이라선지 합격자 오리엔테이션 자리에서는 따뜻하게 부풀어 오른 에너지가 느껴졌다. 그 에너지에 이름을 붙일 수 있다면 그것이야말로 '콩닥콩닥 동기애'였다. 파워블로거 출신이나 지방방송 PD 출신도 있었고, 일본 명문대 박사 과정 도중에 온 사람도 있었다. 개성 넘치고 유능한 이들과 '입사 동기'가 됐다는 사실이 기뻤다.
　그때까지만 해도 싸이월드는 국민 플랫폼이었기 때문에 동기들은 곧장 싸이월드 클럽부터 만들었다. 해커스 토플 스터디 모임에서부터 단과대 모임, 학번별 동기 모임에 이르기까지 대한민국의 거의 모든 사조직이 싸이월드 클럽에 둥지를 틀던 시대였다. 앞으로 뭔가 대단한 일을 하게 될 거란 물색없는 기대 때문이었는지 클럽 이름을 '오션스 일레븐'을 본떠 '청계천 일레븐'으로 지었다. 마치 비밀 정예

요원이라도 되는 것처럼 말이다. 우리 요원들이 어떤 이들인지 궁금해서 파도를 타고 돌아다녀 봤다.

그런데 슬슬 걱정이 되기 시작했다. 동기들과 빨리 일촌을 맺어 친해지고 싶었지만 일촌명을 지으려니 머리가 지끈거렸다. 작문 센스나 직관 같은 분야라면 누구보다 기민할 기자직 동기들에게 '울트라캡숑'이나 '폴짝폴짝' 같은 유치한 일촌명을 들이댈 용기가 나지 않았다. 그럴듯한 게 필요했다. 하지만 고백했다시피, 내가 그들을 단숨에 끌어당길 매혹적인 일촌명을 지을 확률은 거의 없었다.

G가 보낸 일촌 신청이 도착한 건, 그런 번민에 차 있던 어느 날이었다. 오리엔테이션 날 내 맞은편에 앉아 있던 G는 실무 면접 때 이미 인사를 나눈 다른 동기들과 자연스럽게 어울리면서도 뉴페이스인 내게 먼저 말을 걸어주었다. '자, 난 이제 널 좀 알아야겠어'라는 듯한 G의 부드러우면서도 호소력 있던 눈빛이 생각났다. 이렇게 또 한번 먼저 손을 내밀어준 게 반가우면서도 궁금했다. G는 과연 어떤 센스와 자신감으로 내게 일촌명을 지어서 내민 것일까. 창의력은 유감스러운 수준일지언정, 비평만은 전문가 못지않은 냉혹함을 갖춘 나였다. '어디 한번 보

자'는 마음으로 일촌 신청을 열어봤다.

'20년 동안'

순간 깨달았다. 이런 일촌명이 실재할 수 있었구나. 싸이월드에 빠져 있던 그 오랜 기간, 끊임없이 갈구하고 추구해왔으나 단 한 번도 찾아내지 못했던 '이상적인 일촌명'의 구체적 실례를 마침내 맞닥뜨린 순간이었다. 객관적이지만 다정했고, 그러나 지나치거나 부담스럽지 않았으며, 동시에 미래지향적이고 포용적이었는데 거기다 위트 있고 유머러스하기까지 했다. 그것은 입사 동기에게 지어줄 수 있는 가장 근사한 일촌명이었다. 내 싸이월드 역사를 통틀어 '원픽'이었다.

그때 우리는 스물넷이었다. 불확실한 시간을 견뎌낸 끝에 그렇게 되고 싶어 했던 저널리스트로 세상에 첫발을 내딛게 됐다. 기쁨과 기대, 설렘만큼이나 두려움, 긴장으로 범벅돼 있었다. 그때 동갑내기 동기였던 G는 어깨가 잔뜩 굳어 있는 내게 그 일촌명을 통해서 이렇게 말을 걸어오는 것 같았다.

"얘, 괜찮아. 우리가 있잖아. 우리는 이제 이 회사의 입사 동기라고. 서로에게 따뜻하고 다정한 친구가 되도록 우정 서약을 하자. 이 서약서의 유효 기간은 적어도 20년이야."

마치 초등학교 입학할 당시로 되돌아간 느낌이었다. 이 일촌명에 부제를 붙일 수 있다면 '새끼손가락'이라고 짓고 싶었다.

너하고 나는 친구 되어서 사이좋게 지내자
새끼손가락 고리 걸고 꼭꼭 약속해

G는 이 모든 부푼 감정과 신의의 결단을 다섯 글자 안에 완벽하게 담아냈다. '20년'이라는 길고 아득한 단어가 주는 안정감과 절대적 소속감은 대책 없이 따스했다. 입사 당시만 해도 그 시간은 영원에 가깝게 길게 느껴졌다. G의 일촌명에서 위트를 느꼈던 것은, 우리 둘 다 이 회사를 20년씩이나 다닐 생각이 눈곱만큼도 없었기 때문이었을 것이다. 다들 자기 멋에 한껏 취한 이십대 초반의 신입이었다. 몇 년 안에 몸값을 높여 훨씬 좋은 곳으로 이직하거나 적당히 경력을 쌓은 뒤 정말 가치 있는 일을 하며 살 것이라 생각했다. 무턱대고 야심만 컸던 우리에게 '20년 근속'이란 장난기 어린 과장이고 농담이었으며 대책 없이 따뜻한 약속이자 동화 같은 판타지였다. G가 달라 보였다. 이런 일촌명을 지을 수 있는 사람은 절대로 평범한 사람이 아니었다.

스타벅스 커피 한 잔을 책상에 올려두고 단정한 자세로 일을 시작한 G에게 톡을 보냈다.

　　"혹시 입사할 때 나한테 지어준 일촌명 기억나?"

　　G는 "설마 아직도 싸이월드란 걸 하냐"라며 잠시 경악하더니 '평생 한 회사에서 일할 사이'란 뜻이었던 것 같은데 최악인 것 같다고, 어쨌든 그런 끔찍한 일촌명을 지어서 미안했다고 했다.

　　발제, 취재, 마감의 끝나지 않는 쳇바퀴 속에서 '올해는 꼭 다른 일을 찾자'고 다짐했던 우리는 벌써 몇 년 전에 10년 근속 표창을 함께 받았다. 돌이켜보면 우리의 회사 생활은 애초 기대와는 많은 면에서 달랐다. 첩보영화 같은 활약도, 동화 같은 판타지도 없었다.

　　수습들은 당직 선배에게 순번을 정해 야간 보고를 했다. 야간 보고는 제대로 못 하면 구역 내 경찰서를 밤새 전전하며 기삿거리를 찾아야 하는 '악마의 시간'이었다. "고물상에서 도난당한 구리선이 직경 몇 밀리미터인지 반드시 알아내라" "무전취식 사건이 발생한 초밥집 대표 메뉴가 뭔지는 왜 취재 안 했냐" 따위로 실컷 쪼이다 다음 차례인 G에게 전화하면 통화연결음으로 넬의 〈기억을 걷는 시간〉

이 흘러나왔다. 냉기가 뼛속까지 스미는 한겨울 중랑경찰서 앞마당에 우두커니 서서 그 몽환적인 노래를 듣다 보면 당장 어딘가로 사라져버리고 싶은 마음에 울컥했다. 하지만 언제나 클라이맥스인 "어떤가요 그댄"이 나올 무렵 노래가 뚝 끊겼다. G가 전화를 받은 거였다.

"지금 전화하래."

시무룩하게 말하고 끊으려면, G는 '자네, 잠깐 거기 서보시게' 하는 다정한 말투로 물었다.

"…괜찮아?"

그럴 때마다 궁금했다. 수습 주제에 최신곡을 컬러링으로 설정해둘 그 여유가 어디서 나오는지 궁금했던 것처럼, 야간 보고 자기 차례를 앞두고 동기의 풀 죽은 목소리에 먼저 반응하는 그 세심함이 어떻게 가능한 것인지. G는 그런 사람이었다.

수습을 떼고 맞이한 첫 성탄절 당직 날, G는 회사 앞 커피숍에서 사 온 원두커피를 들고 내 자리로 놀러 왔다가 한숨을 내쉬었다.

"이런 날 일하는 것만도 불쌍한데 싸구려 커피 마실 생각이야?"

G는 믹스커피를 타려고 정수기 앞에 서 있던 내 손에서 종이컵을 빼앗더니 자신의 '고급 원두커

피'를 가득 부어줬다. 같은 신세였던 주제에 말이다. 기삿거리가 없다고 고민하면 비밀결사단체라 주장 (하면서 왜 보도자료를 내는지 모르겠지만…)하는 이들의 간담회 자료를 포워딩해줬다.

"같이 가서 지구 종말 날짜 취재하자. 아마 우리는 세상이 끝나는 날에도 '단독, 오늘 지구 멸망'이란 스트레이트에 상보(相補)박스를 함께 쓰고 있을 거야."

마감이 끝나면 이런 시를 메신저로 보내왔다.

제목 : 쉽게 씌어진 기사

창밖에 밤비가 속살거려

편집국은 남의 나라

기자란 슬픈 천명인 줄 알면서도

한 줄 기사를 적어볼까

땀내와 피눈물 젖은

월급봉투 고이 받아

취재수첩 끼고

늙은 교수 인터뷰하러 간다

생각해보면 입사할 때 꿈

하나, 둘, 죄다 잃어버리고

나는 무얼 바라

나는 다만, 홀로 특집기사를 막고 있는 것일까?

인생은 살기 어렵다는데

기사가 이렇게 쉽게 씌어지는 것은

부끄러운 일이다

　10년이 엊그제 하루처럼 지나간 이 시점에서 새삼 돌이켜보면, 그 일촌명은 또 다른 의미에서 '내 인생의 원픽'이었다. 세상은 우리의 예단보다 훨씬 복잡다단했으며 무엇보다 너무나 빨랐다. 울고 웃으며 함께 부대끼다 보니 어느새 우리는 한 회사의 신입을 지나 주니어를 거쳐 '얄짤없는' 중견 기자가 됐다. 철부지들의 낭만적 판타지에서 출발했던 '20년 동안'은 30년 근속조차 결코 멀다고만 할 수 없는 장기 근속자들의 리얼 다큐멘터리로 진화했다. 우리가 된 것이 '취재의 달인'이 아니라 '사내 메신저의 달인'(실제로 우리가 나눈 대화의 70퍼센트는 사내 메신저였다. 20퍼센트는 카톡)이란 게 문제라면 문제지만.

　"이렇게 긴 회사 생활 끝에 남은 게 '사내 메신저의 달인'이라니, 결국은 호러인 건가?"

　잠시 후, 모니터 하단에서 G가 보낸 답신이 깜빡였다.

"'달나라의 장난'*이지."

역시, 이런 일촌명은 절대로 아무나 지을 수 없었다.

* 「달나라의 장난」『김수영 전집 1』, 김수영 지음, 이영준 엮음, 민음사, 2018.

나와 싸이월드 사진첩만 아는 이야기

캠퍼스에 모인 사람들이 측량기술사처럼 두 팔을 멀리 뻗은 채, 작은 기계의 버튼을 신중히 누르고 있었다. 이 무슨 희귀한 광경인가 했다. 알고 보니 '똑딱이'란 애칭으로 불린 초창기 '디지털카메라'였다. 셔터 버튼을 누르고 2초 정도 부동자세로 있어야 흔들리지 않고 저장됐기 때문에 곳곳에서 피사체와 '찍사' 쌍방이 '잠시 멈춤' 상태가 됐다.

　　대학에 입학하던 2002년 봄 디지털카메라라는 걸 처음 봤다. 하지만 변화의 중심에 선 도시 서울에서 그것은 이미 대세였다. 디카는 당시에 100만 원이 훨씬 넘는 고가였는데 그걸 들고 다니는 대학생이 드물지 않았다. 동문회에 모인 지방 출신들은 '서울 애들 다 부자인 것 같다. 그 비싼 디카를 자기 거라며 학교에 들고 다닌다'며 수군거렸다. 웬 사치인가 싶었다. 무릇 카메라란 가정 비치용으로 서랍에 한 대씩 보유하다 소풍 갈 때, 입학이나 졸업할 때와 같은 인생의 중요한 시기에 한 번씩 꺼내 쓰는 물건 아니었던가?

　　하지만 디카는 급속도로 세상을 평정했고 그만큼 빠르게 보급됐다. 시중에 디카가 쏟아지며 불과 1, 2년 사이 가격이 절반 이하로 떨어졌고, 나 역시 2004년 여름 숙원이었던 '캐논 익서스' 시리즈를

40만 원대에 구입했다. 드디어 학교에도 개인 디카 들고 다닌다는 '디카족' 대열에 합류한 거였다. 디카를 사기 전까지 내게는 아빠가 안 쓴다고 물려주신 오래된 삼성 필름 카메라뿐이었고, 사진을 찍으면 현상 후 일일이 스캔을 떠야 했다. 디시인사이드에서 공동구매한 나의 첫 디카가 배송되었을 때, 학교 후문 근처 반지하 자취방에서 비명을 질렀다. 한 손에 꼭 맞게 들어오는 아담한 크기, 선명한 화질. 삼각대가 구성품에 포함돼 있었고 동영상 촬영까지 완벽하게 됐다.

그때부터 내가 가는 모든 곳에는 디카가 있었다. 디카는 평범한 매일을 특별한 순간으로 바꾸어 주었다. 하늘이 맑고 높다는 이유로, 나뭇잎 사이로 일렁이는 햇살이 아름답다는 이유로 사진을 수십 장 찍는다는 건 시적(詩的)인 일이었다. 말 그대로 '아무 데나' 렌즈를 들이댔다. 깨진 아스팔트에 고인 물웅덩이와 기름 무지개, 한국한문학강독 교재를 내려다보고 있는 L의 옆모습, 문과대 난방 환기구 앞 때이르게 피어난 하얀 목련, 자취방에서 친구들과 잠옷 파티 하며 만들었던 골뱅이무침, 축제 때 과 주점에서 파전 부치느라 여념 없는 J의 야무진 손. 찍겠다는 그 열정만은 프로 못지않았다.

디카족은 누구나 전지현이 됐다. 당대를 풍미한 올림푸스 디카 광고 카피*대로 '나와 내 디카만 아는 이야기, 마이 디지털 스토리'를 기록했다. 카메라 셔터를 누를 때마다 자전거 탄 풍경의 〈너에게 난 나에게 넌〉이 쟁쟁히 울려 퍼지는 것 같았다. 삶의 곳곳에 플래시가 터졌다. 나와 디카만 알던 이야기는 싸이월드와 결합되면서 폭발력을 냈다. 싸이월드 사진첩은 사진을 무제한으로 업로드할 수 있었다. 소중한 추억을 보관하는 동시에 친구들과 함께 감상하고 공유하는 것까지 가능하니 하드디스크에만 묻어둘 이유가 없었다. 과제는 미뤄도, 싸이월드 사진 업로드는 미룰 수 없었다.

동성로에 오신 것을 환영합니다 (2005. 08. 27 22:40 스크랩: 2)

번화가 승무원 학원 입간판을 사이에 두고 E와 L이 섰다. 그들은 손을 포개 공손히 인사하는 포즈를 똑

---

* 2003년 올림푸스는 전지현을 모델로 내세운 감성적 광고로 디지털카메라 업계 판매 1위에 올라섰다. 배경음악인 〈너에게 난 나에게 넌〉과 전지현이 우수에 젖은 눈빛으로 읊조린 "나와 올림푸스만 아는 이야기, 마이 디지털 스토리" "어떤 추억은 사랑보다 아름답다" 등의 카피는 큰 인기를 끌었다.

같이 따라 했다. '미소가 아름다운' 입간판의 그녀와
달리 장난기로 가득한 표정이었지만.

"오랜만에 고향에 온 널 환영하는 설정 사진이
야."

말은 그렇게 했지만 셔터를 누를 때마다 두 사
람의 포즈는 '친절한 금자씨'에서 '오드리 헵번'으
로, '뿌잉뿌잉'으로 계속 변해갔다.

우리는 같은 교회 중등부 친구들이었다. 매년
크리스마스면 일명 '올나이트'를 했던 멤버였다. 올
나이트는 우리만의 전통이었다. 크리스마스이브 발
표회를 마치면 조별로 '새벽송'을 떠났다. 교인들 집
앞에서 〈고요한 밤 거룩한 밤〉〈기쁘다 구주 오셨네〉
같은 캐럴을 부르는 거였다. 답례로 각종 과자, 빵
같은 다과를 받아 교회로 돌아왔고 따끈한 온돌방에
학년별로 모여 '007빵' '마피아게임' 같은 걸 했다.
그 뒤엔 귀가해야 했지만 우리는 아쉬워 헤어지지
못했고 근처 E의 집으로 몰려갔다. E의 엄마는 매년
한숨을 쉬셨지만, 매년 밤을 새우는 우리를 위해 맛
있는 김치볶음밥에 계란국을 아침으로 내주셨다.

대학생이 돼 모처럼 고향 시내에서 만난 우리
손에는 각기 다른 브랜드의 디카가 들려 있었다. 우
리는 연신 사진을 찍었다. 셋이 함께도 찍었고, 둘씩

짝지어서도 찍었다. 예쁜 척하면서도 찍고, 우스꽝스러운 설정 포즈나 파파라치 컷으로도 찍었다. 결국 시내 모든 가게가 문을 닫을 시각까지 사진 찍고 놀다가 갈 곳이 없어서 E의 집으로 몰려갔다. E 엄마의 변치 않는 한숨에 우리는 웃음을 터뜨렸다. 우리는 예전에 썼던 교환 일기, 편지를 꺼내 읽으며 수다를 떨었다. "이 시절 우리에게도 디카가 있었다면 얼마나 좋았을까" 키득거리면서.

그날 입간판 옆에서 찍은 그 시시한 설정 사진은 밤새 우리가 나눈 그 특별한 대화와 연결되어 있었다. 그 대화가 특별했던 까닭은 함께 되짚었던 학창 시절의 추억 덕분이었다. 우르르 함께 몰려 탔던 작은 봉고차, 우리의 엉망진창 화음에도 환하게 웃어줬던 교인들, E의 집으로 몰려가던 성탄절 새벽 머리 위로 흩날리던 하얀 눈, 낮은 탄성, 국물 맛이 끝내줬던 따뜻한 계란국. 한 장의 사진 안에 시간을 뛰어넘는 추억이 그렇게 얽혀 있었다.

카를레스 부이가스에서 만난 그 (2006.04.02 18:20 스크랩: 0)

나는 카탈루냐 미술관을 등지고 계단참에 앉아 있었다. D는 몇 미터 멀찌감치 떨어져 앉아 있었다. 영국 방문 학생 시절 부활절 방학 기간을 이용해 D와 스페인 여행을 갔다. 그라나다로 들어가서 네르하, 론다, 세비야를 거친 뒤 마드리드, 톨레도까지 보고 종착지인 바르셀로나에 도착해 있었다. 처음에는 영국과는 다른 스페인의 따뜻한 날씨와 아름다운 풍광, 비교적 저렴한 물가에 반해서 마냥 즐거웠다. 하지만 보름 가까운 여행이 막바지에 접어들자 슬슬 지치기 시작했다. 우리는 시간과 돈을 아껴보겠다고 주로 야간 버스를 타고 이동했는데 매번 한숨도 제대로 자지 못한 채 새벽녘 낯선 도시에 떨어졌고, 숙소를 잡자마자 관광에 나섰다. 그런 일정이 반복되자 체력이 떨어졌고, 몸이 지치자 짜증이 늘었다. 일정을 두고 크고 작은 의견 차이가 생겼다.

그날 우리는 몬주익 언덕의 황영조 기념비부터 올림픽 스타디움과 호안 미로 박물관까지 섭렵한 뒤 발에서 불이 날 것처럼 지친 상태로 카탈루냐 미술관에 들어섰다. 둘 다 한계 상황이었다. '졸리니 커피부터 마시자' '다 보고 밖에 나가서 마시자'처럼 별것도 아닌 걸 놓고 다툼이 시작되었다. 급기야 미술관 앞에서 각자의 갈 길을 가자며 찢어졌다.

하지만 둘 다 다리를 절뚝거리며 미술관 바로 앞 계단에 주저앉았다. 나는 계단 왼쪽 끝에, D는 계단 오른쪽 끝에. 스페인까지 와서 친구와 말다툼을 하다니 한심하고 우울했다. 여행하다 지친 이들이 그 계단에 앉거나 누워서 오후의 햇살을 받고 있었다. 작열하는 태양에 내 마음의 그림자는 더욱 짙어졌다.

그때 저쪽 한편에서 검은색 망토를 걸친 훤칠한 남자 십여 명이 웅성거리며 나타났다. 커피를 마시거나 아이스크림을 먹으며 늘어져 있던 사람들의 시선이 그들에게로 쏠렸다. 그들은 카를레스 부이가스 광장 한가운데 서더니 작은 현악기를 연주하며 화음을 맞춰보기 시작했다. 거리 공연을 하려는 모양이었다. 솔직히 노래 같은 걸 들을 기분이 전혀 아니었다.

하지만 그중 한 인물에 시선을 뗄 수 없었다. 정말이지 노래 같은 걸 들을 기분은 전혀 아니었지만, 나는 홀린 듯 디카를 꺼냈다. 그 순간 사진을 찍지 않는 것은 인류애적 차원의 직무 유기였다. 햇빛을 받아 반짝이는 갈색 웨이브 머리, 구릿빛 피부에 조각 같은 이목구비, 완벽한 8등신 비율, 관광객들의 시선이 부끄러운지 입가에 옅게 번지던 미소. 다른 이들에겐 평범한 무대 의상이었던 그 검은 망토는 그가 걸치니 마치 순정만화를 찢고 나온 왕자님처럼 보였다.

　한참 진지하게 찍던 나는 D와 눈이 마주쳤다. 나 못지않게 열과 성을 다해 그들을 향해 셔터를 누르던 D는 순간 머쓱해했다. 우리는 풉, 하고 웃고 말았다.

　"야, 뭐 찍고 있냐?"

　나는 D 옆으로 가 앉았다.

　"니가 찍는 거."

　그랬다. 우정이란 같은 곳을 바라보는 것이라 했던가. 우리가 함께 보고 있었던 것. 금 간 우정조차 단숨에 회복시켜준 검은 망토의 미남. 그냥 흘려보내기엔 너무 아까웠던 그의 미소.

　사진 속 장소, 사람, 표정, 포즈에 수많은 이야기가 녹아 있었다. 검은 망토의 미남 사진은 D와 함께했던 여행으로 들어가는 작은 문이었다. 그 문을 열자 봉인됐던 그때의 날씨, 공기, 바람이 쏟아져 나오며 나를 곧 그때 그곳 한복판으로 데려갔다. 비포장도로를 내달렸던 스페인의 야간 버스, 쏟아지는 졸음에 진동과 소음과 코 고는 소리가 뒤섞였던 밤. 새벽 동틀 무렵 내린 터미널에서 마신 카페 콘 레체 한 잔. 머리 위로 환하게 내리쬐던 스페인 이스터 주간의 햇살. 강렬한 스탕달 신드롬을 경험케 했던 피카소의 대작 〈게르니카〉와 바르셀로나 대성당 앞에서 부활절을 기념하는 인파와 함께 춤췄던 그 오후.

옛 기억을 떠올리면서 사진을 찾아봤다. 몇 개의 웹하드를 한참 뒤져봤는데 그 시절 사진은 없었다. 싸이월드에만 저장돼 있던 사진이 생각보다 많았나 보다.

사진 170억 장, MP3파일 5억 3000만 개, 동영상 1억 5000만 개.

싸이월드에 보관돼 있는 이용자 데이터였다. 디카 시절 "기록은 기억을 지배한다"는 광고 카피가 유행했다. 실제로 그랬다. 기록은 기억을 지배하고, 사진은 추억을 지배했다. 싸이월드란 말을 들으면 아직도 마음 한편이 아련한 것, 아무리 시대가 바뀌어도 이 회사가 망하는 것만은 덤덤하게 지켜볼 수 없는 것. 그것은 싸이월드에 보관된 170억 장의 '사랑보다 아름다운 어떤 추억'이 여전히 우리를 지배하고 있기 때문이 아닐까.

끝날 때까지는 끝난 게 아니다

브로콜리너마저의 〈앵콜요청금지〉란 노래에 한참 딴
지를 걸던 때가 있었다. 그 밴드를 무척 좋아했지만
"안 돼요. 끝나버린 노래를 다시 부를 순 없어요"라
는 노래 가사만큼은 동의할 수 없었다. 불가능이 아
무것도 아닌(Impossible is nothing) 시대에 고작 앵콜
따위가 안 된다니. '떠나버린 그때 그 마음이 부른다
고 다시 오겠냐'는 핑계로 불러볼 시도조차 않다니.
너무 방어적이고 유약했다.

영화 〈봄날은 간다〉엔 이런 대사가 나온다.

"버스하고 여자는 떠나면 잡는 게 아니란다."

떠난 연인에 대한 그리움으로 힘들어하는 주인
공에게 그의 할머니가 건네는 말이다. 그 일상적인
대화에서 뜨거웠던 한 시절의 마감을 받아들이는 주
인공. 잠시 후 그는 바람 부는 갈대밭에 서서 상실을
수용한 듯 눈을 감는다. 아름다운 엔딩 컷이다. 하지
만 할머니의 뻔한 말에 너무 쉽게 설득당한 그에겐
이의를 제기하고 싶었다. 그럴 땐 택시를 타면 된다
고, 그러라고 이 나라에 총알택시가 있다고 말이다.

'한번 떠나버린 사람 마음은 돌아오지 않는 법'
이란 말이 과학적으로 입증되지도 않았는데 마치 불
문율처럼 영화와 드라마, 음악 속에서 재생되는 것
을 납득할 수 없었다. 말도 안 되는 '사이비 법칙'

의 허구성을 증명하고 싶었다. 매일 밤 초급 기타 실력으로 〈앵콜요청금지〉를 열창하면서 분노했다. 체세포가 복제되고 우주선이 도킹을 하는 이런 시대에 안 되는 게 대체 무엇이란 말인가?

그 시절 나는 연인과의 이별을 받아들일 수 없었다. 마치 산업화시대 전사처럼 '이봐, 해봤어?' 정신으로 무장하고 이미 파열음을 낸 관계를 되돌려보려고 돌격했다. 포기하지 않는 것이 '진짜 용기'라고 우겼지만, 실은 상처와 아픔을 정면으로 응시하면서 성장해갈 자신이 없었던 것이다. 내가 머물렀던 한 시절, 그 관계, 그 감정의 문을 닫고 또 다른 곳으로 넘어가도 괜찮으리란 확신이 없었다. 그렇게 하는 방법을 도통 알지 못했다.

돌이켜보면 일을 벌이고 키우는 것은 배웠는데 제대로 끝내는 방법을 배운 기억이 없었다. 학창 시절에도, 대학과 사회에서도 또 다른 성장과 도약으로 나아가는 일단락이나 훌륭한 마무리는 체득할 기회가 별로 없었다. 대신 언제나 모든 게 궁극의 결말(그게 뭔지는 아무도 모르지만 어쨌든 최후의 완벽한 성공)을 향해 가는 '진행형'이었다. 끝까지 가야만 했다. 멈추는 것, 그만하는 것, 돌아서는 것은 미완이자 포기였다. 어느 TV 개그 프로그램의 유행어처럼 대한민국은 안 되는 게 없는 나라인데, 그런 나라에서 '안 됨'을 순순히 받아들이는 나이브함은 실패자란 뜻이었다.

대학 시절 술자리 도중 먼저 일어서려고 하면 호프집 출입구 앞에 대자로 누워버리던 친구가 있었다. 갈 거면 자기를 밟고 가라고 했다. 중간에 가는 건 배신이라나. 대학 기숙사는 밤 11시면 출입문을 닫고 다음 날 새벽 5시에 다시 열었다. 사회적, 문화적 모든 여건이 술은 일단 마시면 동이 틀 때까지 마셔야만 하는 것이라고 암시하는 듯했다. 안 마시면 안 마셨지, 아쉬움을 남기고 파해선 안 됐다.

사회생활도 비슷했다. 회식은 늘 '한 잔만 더'로 이어졌다. 폭탄주 말기는 끝이 없었고 그 여흥을 끊지 않고 바통을 이어가는 사람은 환호의 대상이 됐다. 객관적으로 존재하는 퇴근 시간은 없었다. 일이 없어도 자리를 지켰다. 상사가 들어가라고 명확히 끝을 내주지 않으면 스스로 회사를 나올 수 없었다. 불만이 없었던 건 아니지만, 원래 이런 거려니 여겼다. 일이든 관계든 술자리든 모든 게 계속되는 것이 바람직하다는 전제하에서 먼저 끝내지 않는 것은 예의고 매너였다.

신입 시절 혹독하게 갈구기로 유명한 한 선배

밑에서 일했다. 전화로 보고를 하고 나면 정신이 탈탈 털렸다. 화장실 변기 앞에 쪼그려 앉아 우는 게 일상이었다. 그런데 점심시간만 되면 그에게서 전화가 왔다. 뭘 트집 잡아서 또 괴롭히려 하나 겁에 질려 전화를 받으면 그는 태연히 말했다.

"밥 먹으러 가자."

믿기지 않는 말이었다. 조금 전까지 나를 '세계 최악의 인간쓰레기'로 만들었던 장본인이, 밥을 같이 먹자니.

그는 아직 눈이 붓고 목이 메어서, 무엇보다 영문을 몰라서 한 숟갈도 제대로 떠먹지 못하는 내 앞에서 후루룩 쩝쩝 국밥을 신나게 먹었다. 날마다 되풀이되는 고문의 정점은 당연히 점심 식사 자리였다. 하지만 한 번도 그가 밥 먹으러 가자고 할 때 거절하지 못했다. 선배가 밥 먹자고 하면, 그가 아무리 나를 부당하게 대하는 사람이라도 그래야만 하는 줄 알았다. 그게 예의인 줄 알았다. 법적 구속력이라도 있는 건 줄 알았다.

요즘은 입사 동기들과 말한다. 아무래도 우리가 야만의 시대를 목도했던 마지막 세대 같다고. 우리 후배들은 우리와는 달랐다. 하루는 팀장이 된 동기가 하소연을 해왔다. 후배에게 일 때문에 잔소리

를 약간 한 뒤에 밥을 사주려 했는데 바로 거절당했
다고 했다.

"잘못한 건 지적하되, 밥 사주면서 풀어준다.
정언명령 같은 그 루트를 거부하더라니까?"

그들은 달랐다. 꾸역꾸역 따라 나가 밥술을 뜨
는 대신 "이쯤 하시죠" "먼저 갑니다"라고 끊을 줄
알았고, "그건 싫은데요"라고 표현할 줄 알았다. 휴
가 일정에서부터 퇴근 시간까지 늘 깐깐하게 눈치를
주던 상사가 "수고 많으셨습니다"라며 발랄하게 칼
퇴근하는 막내를 향해서는 허를 찔린 얼굴로 이렇게
대답했다.

"그, 그래…. 잘 가."

그때 알게 됐다. 당당하면 딱히 할 말이 없다는
걸. 밥 먹기 싫다는데, 자기 일 끝내고 집에 간다는
데, 잡을 명분도 없다는 걸. 세대 차이는 다른 게 아
니었다. 끝낼 줄 아는 자들과 모르는 자들. 돌아설
줄 아는 자들과 여전히 머뭇거리는 자들. 그건 마치
콜럼버스의 달걀 같은 것이었다. '낀 세대'인 우리가
오랫동안 고민하며 질척댔던 문제를 그들은 자신감
과 당당함으로 간단히 해결했다.

최근 인스타그램을 시작한 한 친구는 게시물을

올릴 때마다 내적 갈등을 겪는다고 했다. 올리고 싶은 사진이 많은데, 인스타그램에는 가장 좋은 이미지를 최소한으로 선별해 올려야 했기 때문이다. 글도 짧을수록 좋았다. 댓글도 구구절절 쓰는 대신, 작고 깜찍한 이모티콘으로 대신했다. 새로운 시대가 원하는 콘셉트였다. 간결함, 명료함, 분명함. 하지만 '싸이 감성'인 그녀에겐 하고 싶은 말과 나누고 싶은 사진이 너무 많았다. 여전히 우리는 멈춰야 할 때, 그만 둬야 할 때를 잘 몰랐다.

싸이월드는 그 시절의 분위기와 많이 닮은 매체였다. 절제를 고민할 필요가 없었다. 돈이 더 드는 것도 아닌데 업로드를 멈추거나 분량을 줄일 이유가 없었다. 여행을 하거나 행사가 있었던 날이면 하루에 백 장 넘는 사진도 올렸다. 게시판 글은 길수록 좋았다. 싸이월드에서 가장 부족한 한 가지를 꼽으라면, 그것은 절제미였다.

그것은 나의 가장 큰 취약점이기도 했다. 오랫동안 나는 직장에서도, 관계에서도 마침표를 찍어야 할 때 그러지 못하는 사람이었다. 계속해서 "한 곡 더"라고 앙콜을 외치는 사람이었고, 떠난 버스를 괴력으로 쫓아가 마침내 얻어 타고 마는 '집념과 진상 사이'의 승객이었다. 때로는 굴욕적으로, 때로는 자기합리화로 '끝날 때까지 끝난 게 아닌' 세상과 혼연일체가 돼 살아왔다. 그게 좋았다거나 나빴다거나 하는 말이 아니다. 그냥 그땐 그랬고, 그렇게 버텨야만 했던 시절이 있었다는 이야기다.

'그 시절' 싸이월드의 몰락은 끝날 때까지 끝이 아니었던 어떤 노래의 진짜 끝처럼 느껴진다. 한 시대의 막이 내리고 저 멀리로 사라지는 느낌, 이제는 정말 자리에서 일어나야 할 시간이 온 것처럼 말이다.

도토리묵과 밈, 서태지와 브이앱

어쩌면 '중2병'을 이해하기 위해 가장 오랫동안 공을 들여온 업계는 신문업계인지도 모르겠다. '중학교 2학년'은 신문기자들에게 무척 중요한 존재였다. 그들이 독자의 평균 문해력을 가늠하는 기준점이었기 때문이다. 정치, 경제, 문화 분야를 막론하고 중학생이 봐도 이해할 수 있게 기사를 쉽게 써야 한다는 건 이 업계의 오랜 불문율이었다.

그런데 대한민국 평범한 중학생이 이해할 수 있는 수준으로 전환사채를 활용한 불법 승계 문제나 입자물리학계의 새 현안에 대해 쓰는 것은 결코 쉬운 일이 아니었다. 이럴 때 가장 손쉬운 방법은 괄호 안에 용어 풀이를 넣어주는 것이었다. 그 괄호는 특정 분야에 무지할 수 있는 독자들에 대한 기호학적 포용이자, 기자도 쉽게 설명하기 위해 노력했다는 최선의 면피였다. 그래서 경력이 긴 신문 제작자들에겐 뿌리 깊은 '자동 반사적 용어 풀이 본능'이 있었다.

하지만 후배 기자 A는 괄호를 싫어했다. 마치 코안경 쓴 할아버지가 갑자기 나타나 꼬장꼬장하게 간섭하는 기분이 들기 때문이라고 했다. 일리가 있는 의견이라고 생각했다. 클래식 기사 속 '메트로놈'이란 단어에 '일정하게 박자를 맞춰주는 기계장치'

란 설명을, 트렌드 기사에 등장한 '비스트로'에 '수수한 느낌으로 술과 간단한 음식을 제공하는 식당'이란 설명을 넣는 건 어쩐지 구차해 보였다. 이런 소소한 국어사전식 풀이에 집착하는 건 기껏 '간지나게' 쓴 기사를 망치는 일 같았다. 정보가 넘치는 시대일수록 누구나 이해하는 쉬운 기사보단 오히려 외래어와 전문용어를 적절히 섞어 써서 '있어 보이게끔' 하는 전략이 필요해 보였다.

그날도 '에미넴이 누군지 모르는 독자들을 위해 간략히 설명해주라'는 근엄한 심의 지적이 떴다. 나는 웃었고, 후배는 한숨을 쉬었다. 후배는 에미넴 뒤에 괄호 열고 '유명 백인 래퍼'라고 쓴 뒤에 "하지만 에미넴이 누군지도 모르는 사람은 이런 대중음악 기사 자체를 읽지 않을 것"이라면서 반문했다.

"솔직히 '밈'*에 설명 넣어주란 것도 웃기지 않아요? 요즘 누가 밈을 몰라요?"

나는 동의하는 것처럼 웃었다. 하지만 미안하게도 내가 밈을 몰랐다. '플로럴 프린트'(꽃무늬) '깔별'(색깔별) 같은 황당한 용어 설명을 언제까지 해야

---

* 인터넷에서 유행하는 짧은 영상과 이미지.

하느냐면서 맞장구를 치다가, 차마 그 대목에서 갑자기 "근데 나 밈은 몰라…"라고 뜬금없이 고백할 수 없었을 뿐이다.

물론 사전적 풀이는 알고 있었다. 하지만 밈은 여전히 난해했다. 밈이라는 말을 처음 들었을 때의 그 기묘한 느낌을 기억한다. 백남준의 비디오아트를 처음 봤을 때의 어리둥절함이 떠올랐다. 분명히 보고는 있는데 뭔지는 모르겠는 느낌. 마치 용어계의 다다이즘 같았다. 어감도 이상하고, 글자 모양도 이상하고, 의미도 모르겠고, 그 단어의 모든 것이 하나의 전위예술처럼 느껴졌다. 내가 이럴진대, 인터넷 없는 시대를 살아온 심의실 어른들이 밈이란 해괴한 단어에 괄호를 붙이지 않고 그냥 넘어갈 리가 없었다. 아주 쉽게 말하면 밈은 '짤'이라는데 그 설명은 누군가에겐 또 다른 의문을 불러일으킬 수밖에 없었다.

"짤이 뭔데?"

과연 어디서부터, 무엇부터 설명해야 할 것인가. 그랬다. 밈은 난처했다. 사람들은 으레 자기가 알면 '이걸 모르는 사람이 어디 있냐'고 쉽게 말한다. 나 역시 그랬다. 하지만 어떤 사람들은 그것을 이해하기 위해 지금까지의 삶을 뛰어넘는 상상력과 창의력을 발휘해야만 할 수도 있었다. 모두가 다 알 것이라는 가정은 생각보다 자의적일 수 있었다.

싸이월드가 본격적으로 인기를 끌기 시작한 시점은 2003년이었다. 설립 5년 만에 가입자 1000만 명을 돌파했고 2004년 삼성경제연구소의 '대한민국 최고 히트상품'에 선정됐다. 2005년에는 '무려' 카이스트 물리학과 연구팀이 싸이월드 일촌을 분석해서 일곱 단계만 거치면 온 국민이 서로 아는 사이라는 연구 결과를 내놓기도 했다.* 유명 연예인, 정치인, 재벌가 자녀들까지도 싸이월드를 했다. 하지만 문화계와 정재계를 넘어 학계에 이르기까지 싸이월드가 가장 핫한 매체일 때도 이곳의 주된 이용자는 이삼십대였고, 도토리나 파도타기, 일촌 등의 단어가 생소해서 대화가 통하지 않는 기성세대가 상당수였다.

싸이월드에서 일촌 맺자며 진짜 도토리 한 자루를 보내온 시골의 삼촌 이야기가 온 국민의 유머로 회자됐다. 신문 사회면에는 이런 최신(?) 트렌드 기사가 넘쳤다.

* 「7명만 거치면 전 국민이 '아는 사람'…싸이월드 분석」,《동아일보》2005년 2월 25일.

도토리하면 사십대 이상은 '다람쥐'나 '묵'을 생각한다. 하지만 삼십대 이하는 '돈'을 떠올린다.[*]

앗, 싸이질이 뭔지 모르신다고요. 그럼 당신은 디지털 세대는 아니군요.[**]

나는 그때만 해도 그 유머 속에 암시되는 일군의 사람들, 새로운 문명에서 도태된 이들을 도마에 올리며 깔깔 웃는 철부지였다. 하지만 어느새 밈 같은 이상한 단어를 접할 때마다 초조해지는 처지가 됐다. 아직 웃는 척은 하고 있지만 까딱하다가는 곧 이런 웃음의 대상이 될 수도 있겠구나 하는 위기감이 들어서였다. 심지어 "서태지가 브이앱[***]한대"라는 말을 들었을 때 '서태지가 누군데?'라고 물으면 신세대, '브이앱이 뭔데?'라고 물으면 구세대라는 친구의 설명을 들으면서도 채근했다.

"그래서, 브이앱이 뭔데?"

[*] 「〔프리즘〕도토리」,《전자신문》2004년 10월 11일.

[**] 「개인 미니홈피 세상 '싸이월드' 열풍 누군가 당신을 훔쳐본다」,《중앙일보》2004년 3월 31일.

[***] 네이버에서 운영하는 스타들의 인터넷 방송 플랫폼. 정식 명칭은 'VLIVE'이다.

유례없는 코로나19 바이러스 때문에 모두가 두려워하며 우왕좌왕할 때 더 고된 시간을 보낸 사람들이 있었다. 마스크 대란이 일어났을 때, 젊은 사람들은 앱을 다운받아서 실시간으로 재고를 확인해 주문을 넣었다. 핫딜이 뜰 때 알람을 설정해놓고 온라인에서 클릭 한두 번으로 결제했다. 하지만 스마트폰을 사용할 줄 모르는 사람들은 비가 오고 바람이 부는 궂은 날씨에도 약국 앞에 길게 줄을 섰다. 재난지원금을 받을 때도 마찬가지였다. 공인인증서로 신분을 확인한 후에 몇 가지만 써넣으면 되는 온라인 신청은 간단해 보였다. 하지만 그렇게 할 수 없는 이들이 있었다. 그들은 은행이나 주민센터로 몰려갔다. 사회적 거리두기가 어느 때보다 중요한 그때 북새통을 이룬 곳으로 향했다. 누구나 다 하는 줄 알았던 인터넷 뱅킹, 온라인 접수가 누군가에게는 높은 장벽이었다.

회사에선 광화문 사옥 앞 유리 진열장에 그날 발행된 신문을 걸어둔다. 지나가던 어르신들이 뒷짐을 지고 서서 골똘히 보기도 하고, 광화문 지하보도 인근을 떠도는 노숙인들 중 일부가 읽기도 한다. 인터넷으로 뉴스가 실시간으로 쏟아지는 시대에 누가 종이 신문을 보냐고 하지만 어떤 사람들에게는 그렇게 사옥 앞에 한 장씩 걸린 신문이 세상을 접하는 거의 유일한 통로가 되고, 창이 될 수도 있었다.

엄마는 커피숍에 가면 "아프리카노 한 잔 주세요"라고 말해서 가족들을 웃겼다. 플랫화이트나 아인슈페너 모르면 촌스럽다는 시대지만 평생을 믹스커피만 먹다 갑자기 원두커피 전문점이 넘쳐나는 세상을 만나게 된 엄마에겐 아메리카노란 말도 어려웠다. 나보다 컴퓨터를 더 잘 다루고, 지금도 손주들 동영상 편집까지 척척 해주는 아빠는 싸이월드까지는 쫓아왔지만 이후의 SNS 세계로는 진입하지 못했다. 거기까지였다. 내게도 그런 벽이 생기려 했다. 밈이나 틱톡, 그리고 그런 것들로 대변되는 새로운 하위문화들을 따라가기 벅찼다.

하지만 나도 할 말이 없는 건 아니었다.

그럼 너희 도토리가 뭔지 알아?
'조르기' 남발할 때의 난감함은?*
같은 강의실에서 '투멤남' 발견하고 수군거리

---

* 싸이월드에는 받고 싶은 선물을 일촌들에게 사달라고 요청하는 '조르기' 기능이 있었다. 적절히 사용하지 않을 경우 진상으로 낙인 찍힐 위험이 있는 기능이었다.

는 분위기 알겠어?*

ㅅr己Бあr는ぜr보…♥Σㅏㅇㄸ시④랑한⒟말할까
ㅇㅓㄥ속에 깃든 예술혼 느껴져?**

연이은 잽 뒤 마지막 훅을 날릴 것이다.

니들이 '싸이월드'를 알아?

언젠가 싸이월드에 대한 기사를 쓸 때, 그리고
이 책이 누군가에게 읽힐 때 '싸이월드(1999년 설립
됐던 최초의 한국형 소셜미디어)'라는 표기가 필요할 때
가 올 것이다. 나는 림보에 빠져 백발의 노인이 돼버
린 〈인셉션〉의 사이토처럼 흐릿한 눈으로 "아주 아
주 오래전… 대한민국에 싸이월드란 게 있었지"라고
말하겠지.

* 싸이월드는 메인화면에 매일 '투데이 멤버(투멤)'를 선정해
소개했다. 투멤에 선정된 미니홈피는 하루종일 메인에 걸려 있었
기 때문에 방문자가 폭주하며 연예인급 인기를 누렸다.

** 싸이월드 시절 광범위하게 유행한 글꼴. 특수문자, 한자,
일본어, 러시아어 등 다국적 문자를 조합해서 글자를 한 땀 한 땀
아름답게 꾸몄다. '메리크리스마스' '해피 뉴 이어' 같은 특별한
메시지는 아트를 방불케하는 수준이었다.

물론 언제 만들어졌는지 알 수 없는 신문의 용어 설명 정책이 지금과 같은 방식으로 유지돼야 한단 뜻은 아니다. 하지만 생각해보니 괄호는 꼬장꼬장한 간섭이기보단 최소한의 배려에 더 가까웠다. 누군가는 증권업계의 중2일 수도 있고, 누군가는 핫플레이스계의 중2일 수도 있음을 인정해주는 것이다. 바라건대, 모두가 조금씩만 더 그런다면 어떨까. 귀찮고 유치할 수도 있고, 때로는 좀 없어 보일 수도 있지만, 그래도 우리의 삶과 관계 속에서도 서로를 향한 괄호를 좀 더 섬세하게 열고 닫아주는 것이다. 이렇게 빠르게 시시각각 달라지는 사회일수록, 그래서 모두가 새로운 변화와 앞만 보고 내달리는 와중일수록 말이다.

싸이질 1만 시간이 남긴 것

대학 입학 후 사생활 보호에 취약했던 3인 1실 기숙사에서 몇 년을 살았다. 침대 한 귀퉁이에 '요즘 83학번 너무 건방지다'(처음엔 83년생인 나를 겨냥하는 말인 줄 알았다…) 같은 모골이 송연한 낙서가 쓰여 있던, 낡고 열악한 곳이었다. 하지만 장점도 많았다. 일단 기숙사비가 무척 저렴했는데 그 가격에 아침을 공짜로 줬다. 기숙사 옆에는 남녀 학생들이 함께 식사할 수 있는 널찍한 식당 건물이 따로 있었다. 양식, 한식 두 종류를 고를 수 있었고 원한다면 기꺼이, 둘 다 먹어도 아무도 뭐라고 하지 않았다.

하지만 식당 밥을 먹은 건 몇 년간 다섯 손가락 안에 꼽을 만큼 적었다. 그 시간에 일어난 적이 없었기 때문이다. 그 시절 내겐 밤새도록 해야 할 것들이 너무 많았다. 1교시 수업은 오전 9시에 시작됐는데 한 학기에 절반 이상 지각하거나 결석했다. 그러면서도 생각했다. 원래 대학 생활은 다 이렇게 하는 거 아닌가? 늦잠도 자고, 수업도 째면서. 돈도 뭣도 없지만 시간만큼은 지루해 죽을 만큼 남아도는 게 이십대인데 굳이 숨 막히게 스케줄 관리 하면서 '없는 놈'처럼 살아야 하나?

대학 시절 존경했던 문학비평론 교수님은 우리에게 "불안한 무(無)의 밤을 견디라"고 당부했다.

미성숙한 젊은 밤은 거칠고, 적막하고, 두렵기 마련이라고. 실제로 그랬다. 가진 거라곤 오직 시간뿐이던 그 시절의 밤은 불확실성이 증폭되는 시간이었다. 밤만 되면 인생이 미궁에 빠졌고 급격하게 센티해졌다. 그때마다 나는 은사님 당부처럼 지성으로 관조하며 그 불안을 견디는 대신, 촐싹대며 싸이월드에 로그인했다. 내가 제일 좋아하는 음악이 흘러나오고, 내 관심사와 취향, 내 친구들로 가득 찬 그곳은 불안으로 가득한 긴긴밤의 안전한 도피처였다.

하지만 그곳에도 '무의 시간'이 있었으니 바로 '싸이월드 정기점검 시간'이었다. 싸이월드는 매주 수요일이면 새벽 2시부터 7시까지 전체서비스를 중단했다. 의사 가운을 입은 아바타와 함께 "불편을 드려 죄송합니다. 더욱 좋은 서비스로 보답하겠습니다"라는 문구가 뜨면 나는 금단증상으로 하염없이 새로고침 버튼을 눌렀다. 비슷한 처지의 싸이페인들과 '분노의 네이트온'을 하며 불안에 치를 떨기도 했다.

싸이월드 하면서 보내는 시간을 그때는 '싸이질'이라고 했다. 싸이질은 사회현상이었다. 회사에서 몰래 싸이질 하는 이들이 세포 분열 하듯 기하급

수적으로 늘어났다. '싸이홀릭' '싸이페인' '싸이중독자'로 불린 이들이었다. 직장인 열 명 중 일곱 명이 근무시간 중 싸이월드를 해본 적이 있고 상사 몰래 하는 싸이질이 삶의 낙이라고 응답했을 정도였다.* 급기야 삼성, LG 같은 대기업 계열사와 일부 대학에서 싸이월드 접속을 차단해버렸다. 내가 다닌 대학도 동참했다. 공강 시간마다 문과대와 중앙도서관 컴퓨터실에서 싸이월드 하는 낙으로 살던 내게 어느 날 갑자기 닥친 싸이월드 차단은 당혹스러운 사건이었다. 물론 얼마 지나지 않아서 학내 싸이페인들이 뚫어놓은 프록시 서버를 통해 다시 싸이를 즐겼지만 말이다.

싸이질은 비하의 접미사 '질'에 암시돼 있듯이 본질적으로 시간 낭비였다. '인맥 관리에 도움이 된다' '자료 보관에 유용하다' '자기 PR 시대에 효과적이다' 등의 순기능이 아주 없었던 것은 아니지만 쏟아부은 시간의 기회비용을 고려하면 사실상 남는 게 없었다. 몰입하고 열성을 바치나 남는 게 없는 일. 그게 싸이질의 핵심이었다. 그런 의미에서 보면,

* 「"몰래하는 싸이질이 회사 생활의 낙" 70%」, 《한겨레》 2004년 8월 2일.

나는 싸이질의 내력이 제법 길었다.

싸이질 태동기. 초등학교 때 음악 잡지를 사 모았다. 〈가요톱텐〉에서 "찬란한 사랑에 눈이 멀어야 하리"를 외치는 R.ef의 리드보컬을 본 순간 정말 눈이 멀었다. 당시엔 《오이스트리트》《핫뮤직》처럼 대중음악 잡지가 다양했다. 내가 필요한 건 대중음악의 각종 정보가 아니라 오직 R.ef의 인터뷰와 화보였다. 용돈이 한정돼 있으니 오빠들이 특별히 비중 있게 나온 잡지를 고르고 골라 한 권만 신중하게 샀다. 그 뒤부턴 다른 아이돌 팬인 아이들과의 물밑 거래가 시작됐다. 누가 어떤 잡지를 샀는지 정보를 입수한 뒤 "솔리드 인터뷰 다 줄 테니까, 거기 있는 성욱이 오빠 사진만 나 줘" 하는 식이었다. 조금이라도 방심하면 "H.O.T. 브로마이드 준다고 해서 벌써 바꿨어" 하는 끔찍한 대답이 돌아오기도 했다. 그런 재앙을 막기 위해 늘 빠르고 치열하게 움직였다.

확보한 사진은 파일에 스크랩했다. 엄마는 그 파일을 다 갖다 버리겠다고 날 자주 위협했다. 매달 받아보던 빨간펜 학습지가 점 한 올 찍히지 않은 백지 상태로 수개월간 방치돼 있었다는 사실이 엄마의 불시 점검으로 들통났던 밤, 파일 더미를 안고 친구 집으로 울면서 뛰어갔다. 몇 달만 맡아달라고, 이 길밖에 없다고, 반드시 다시 찾으러 올 테니 부디 잘 부탁한다고…. ('우리 오빠'들의 인기를 위협하는 측면에서) 상당히 거슬렸던 신예 H.O.T.가 어느새 대세가 됐을 때도, H.O.T파와 젝스키스파로 아이돌 팬이 양분됐을 때도, 나는 끝까지 R.ef에 대한 신의를 지켰다. "요새 누가 R.ef를 좋아해?"라고 약간의 비웃음을 당해도 꿋꿋하게. 그 시절 R.ef는 나의 싸이월드였다.

　　하지만 고교 입학과 함께 팬덤의 환상에서 깨어난 내게 수북이 쌓인 R.ef 화보는 처치 곤란한 애물단지가 됐다. 지문이라도 묻을까 조심스럽게 만지던 화보를 한 장씩 꺼내 친구들에게 쓸 편지 봉투로 만들었다. 재질이 빳빳하고 색감이 좋아 편지 봉투로 아주 제격이었다. 나는 '덕질'에도 유통기한이 있다는 걸 일찍 깨달았다. 하지만 대상만 바뀌었을 뿐 또 다른 싸이질은 계속됐다. 나는 곧 채팅에 빠졌다. 정보화 수업 시간이면 선생님 몰래 채팅방을 열었다. '방가방가' '하이루' 정우성처럼 생긴 세이클럽 아바타들(아마도 나처럼 정보화 수업 시간 중 몰래 들어온 듯한 전국 곳곳의 고교생들)이 하나둘 입장하면 교감신경이 급격히 활성화됐다. 뒤에서 기척이 들리면

얼른 화면을 바꾸고 엑셀 화면을 진지하게 쳐다보는 척했다.

　　사회생활이 시작되자 싸이질의 새 차원이 열렸다. 입사 후 여행 블로그를 운영했다. 내가 타깃으로 했던 건 일반적 여행 정보가 아니라 숙소 정보였다. 휴가철 한두 번 나가는 해외여행에서 삶의 이유를 찾던 시절, 숙소 검색에 엄청나게 열을 올렸다. 일주일밖에 되지 않는 휴가를 완벽하게 만들고 싶다는 열망에서 휴가 몇 달 전부터 예산 범위 내의 거의 모든 숙소(특급 호텔은 제외)를 검색했고, 그런 뒤에는 구글맵 거리뷰로 주변 환경, 교통, 소음 여부, 상권까지 다각도로 입지 분석을 했다. 가서 딱 하루 이틀 잠만 자고 올 숙소였는데 평생 살 집 찾는 것 같은 에너지를 쏟아부었다. 만약, 매년 그렇게 쏟은 정성의 일부라도 실제로 거주하게 될 서울의 부동산 입지 분석과 투자에 쏟았다면, 내 인생은 지금쯤 얼마나 달라졌을까?

　　미드도 빼놓을 수 없다. 대학 시절 고향 선배가 정성껏 CD에 구워 빌려준 〈프렌즈〉로 입문한 미드는 처음엔 삶의 큰 활력소였다. 하지만 여러 사이트에서 손쉽게 다운로드가 가능해진 이후로는 곧장 중독의 늪이 돼버렸다. 퇴근하고 나서 미드 켜놓고 몇 시간을 앉아 있는 게 일과가 됐다. 〈CSI〉 〈가십걸〉 〈위기의 주부들〉 〈멘탈리스트〉 〈24〉 〈하우스 오브 카드〉 〈오피스〉 〈빅뱅 이론〉 〈모던 패밀리〉 같은 인기 미드를 거의 다 섭렵했다. 밤도 자주 새웠다. 누가 이기나 보자는 심정으로 계속 다음 에피소드 버튼을 눌렀다. 미드가 끝나든, 내 인생이 끝나든 둘 중 하나였다. 미드를 끊어야만 내 생활이 정상적으로 돌아갈 수 있다는 걸 알고 있었다. 운동도 해야 했고 책도 읽어야 했고 다른 생산적인 것들도 해야 했다. 하지만 미드의 후킹 앞에서 모든 당위는 무너졌다. 어떤 사람들은 미드에 푹 빠졌다가 네이티브처럼 말하게 됐다고 하지만, 나와는 상관없는 일이었다. 스토리에 과몰입했던 시간만큼 영어 공부를 했다면, 지금쯤은 이직 시장에서 각광받는 인재가 돼 있을지도 몰랐다. "제발 가지 말라"는 회사의 애원을 뿌리치고, "제발 와주세요"라고 구애하는 새로운 직장을 향해 달려가는 다른 능력자들처럼 말이다. 하지만 나는 그러지 못했다. 여전히 장기판의 졸이었다.

말콤 글래드웰은 『아웃라이어』에서 한 분야의 전문가 되기 위해서는 최소한 1만 시간의 훈련이 필요하다고 했다. 하루 세 시간씩 10년이면 된다. 그런데 그 '1만 시간'을 나는 온통 싸이질로 보냈다. 덕분에 삼십대의 끝자락인 지금도 매일 '무(無)의 밤'에 직면한다. 여전히 아무것도 없는 막막한 밤. 어떻게 없어도 이렇게 없을까 싶은 그런 밤. 차라리 그때는 시간이라도 많았건만.

요즘 나의 '1만 시간'은 인터넷 쇼핑으로 차곡차곡 채워지고 있다. 재미로 하는 게 아니라 진지하게 한다. 필요한 게 '있어서'가 아니라 필요한 게 '있을지도 몰라서' 한다. 검색 알고리즘의 소름 끼치는 진화 덕분에 광고가 모두 취향저격이다. 삶에 결핍된 뭔가를 찾기 위해서, 생의 '없음(無)'을 채우기 위해서 광고마다 누르면서 묻는다. "어디 저에게 꼭 '필요할지도 모를' 물건 추천해주실 분 없나요?"

알고 있다. 쓸데없다는 걸. 하지만 내겐 여전히 그런 시간이 필요했다. 당면한 현실을 잠시 잊고 긴장을 푸는 시간. 중요한 건 이것뿐이라는 듯 완전히 몰입하는 시간. 그러니까 싸이질 같은 시간. 설령 그래서 내게 남는 것이, 어울리지 않는 핀턱 플리츠 더블 버튼 원피스나 먼지만 쌓여가는 라탄 캔들 홀더일지라도, 철 지난 음악 잡지로 접은 수북한 편지 봉투 같은 것일 뿐일지라도.

미니홈피는 리뉴얼 중

지출이 큰 소비를 하고 나면 엄마는 묻지도 않았는데 말했다.

"남편은 못 바꾸지만 냉장고는 바꿀 수 있잖아. 자식은 못 바꿔도 소파는 바꿀 수 있지."

어떤 소비에는 영혼을 치유하는 기능이 있었다. 물론 그 기능이란 게 건강기능식품 인증을 받았다는 연두부에 함유된 극소량의 폴리감마글루탐산(체내 칼슘 흡수를 촉진하는 기능성 원료) 같은 것이긴 했지만, 하여튼 기능은 기능이었다. 뜻대로 되지 않는 일로 스트레스받는 대신, 자신의 의지대로 일상에 변화를 줌으로써 일정한 위안을 얻는 것이다.

결혼을 앞두고 일과 관계 문제로 슬럼프가 극심했을 때, 무턱대고 항공권을 끊었다. 휴가 시즌이 아닌 초가을, 예고도 없이 갑자기 며칠을 쉬겠다고 했다. 상사는 그러라고 하면서도 갑자기 왜 휴가를 쓰는지 궁금해했다.

"혼자 올레길 좀 걷고 오려고요."

그는 내 말에 눈을 가늘게 뜨고 물었다.

"…혼자?"

고개를 끄덕였다. 그도 고개를 끄덕였다. 짐작한 것 같았다. 뭔지는 몰라도 내면의 격랑이 일어나고 있다는 것을. 그 상태에서 휴가를 반려했다가는 사표를 내든 파혼을 하든 둘 중 하나는 할 분위기라는 것을.

실제로 표선 해변의 허름한 게스트하우스에 머무는 동안 원 없이 만끽했던 제주의 햇살과 몽글몽글한 바닷바람 덕에 그 시기를 겨우 넘겼다. 전환기에 놓인 삶을 잠시 그 상태로 내버려두고 스스로를 추스르던 시간이었다.

어떤 식으로든, 리뉴얼은 필요했다.

싸이월드 시절, 나는 삶에 변화가 필요할 때 미니홈피를 리뉴얼했다. 미니미 스타일 바꾸기는 아주 간단하면서도 효과가 좋았다. 대학 시절 내내 일명 '폭탄머리'라고 불렸던 아주 긴 히피 파마를 해보고 싶었다. 굳이 설명하자면 '려원 스타일'?

이 보헤미안 감성의 헤어스타일이 내겐 규율에 구애받지 않는 자유분방함의 상징이었다. '자유로운 영혼'이라고 주장하면서도 시험 전날에는 결국 도서관에 앉아 밤새 벼락치기를 하는 내가 싫었다. 니힐리스트처럼 굴다가도 리포트 마감 날짜가 지났단 사실에 심장이 내려앉는 '범생이 DNA'로부터 벗어나고 싶었다. 그럴 때마다 부스스 사방으로 뻗친 그 머리에 대한 욕망이 커졌다. 이런 헤어스타일을 가진 사람이 저지르는 모든 크고 작은 일탈(수업 째기, 과제 미제출, F학점 등)은 다 예술적 충동으로 용인이 될 것만 같아서였다. 하지만 나는 결국 한 번도 그 스타일을 시도하지 못했다. 소심해서였다(물론 이 머리가 얼굴이 주먹만큼 작고 예뻐야 소화할 수 있단 사실 때문이기도 했다). 하지만 내 미니미는 달랐다. 펑키부터 아방가르드 스타일까지 얼마든지 파격적으로 바꿀 수 있었다. 달라지고 싶단 욕망이 꿈틀댈 때, 나는 미용실에 가는 대신 새로운 미니미 가발을 골랐다.

심사가 더 복잡해지면 BGM을 바꿨다. 힐러리 더프의 〈웨이크 업(Wake up)〉 같은 발랄한 댄스곡에서 갑자기 이루마의 〈리버 플로우즈 인 유(River flows in you)〉 같은 연주곡으로 분위기를 잡았다. 미니미를 뒤로 돌려세워 뒀고 그날의 기분을 표시하는 '투데이 기상도' 아이콘을 빗자루(쓸쓸), 반창고(답답)로 변경했다. 방명록은 미니홈피 여러 메뉴 중 제일 먼저 닫았다. 홈페이지 제목은 '공사 중' '리노베이션' '잠시 폐쇄' 등으로 바꿨다. 그리고 결국엔 다이어리, 게시판, 사진첩마저 다 비공개로 돌린 뒤 메인 프로필에 이렇게 공지했다.

'주인장 좀 쉽니다'

쉬면 쉬지 뭘 공지까지 하나 싶겠지만, 당시엔

이것이 매너였다. 《뉴욕타임스》가 '올해의 인물'로 컴퓨터 앞의 '당신(you)'을 선정했던 것이 2006년이었다. 미니홈피 주인은 모두 자기 세계의 셀럽이었다. 다들 마치 연예인처럼 활동 중단과 컴백을 미니홈피를 통해 알렸다.

내게도 순전히 자발적으로 싸이질을 멈추게 되는 순간이 있었다. 미니홈피가 온갖 난잡한 것들, 유행도 지나고 철도 지나고 유치하고 한심한 것들로 가득 차서 거의 쓰레기통을 방불케 할 땐 잠시 활동을 접지 않을 수 없었다. 그 한심한 것들이 바로 나의 모습이었기 때문이다. 싸이월드는 자신이 얼마나 멋지고 근사한 사람인지를 대외적으로 널리 알리기 위한 공간이었지만, 역설적으로 심각한 자기과시와 노출증으로 인해 자신이 얼마나 의존적이고 심약한 인간인지를 깨닫게 해주는 곳이기도 했다.

예를 들어 '투데이'와 '토탈'로 표시되는 방문자 수는 인기의 척도였다. 방문자 수가 평균치보다 너무 낮을 땐 어쩔 수 없이 로그아웃한 채로 내 미니홈피에 몇 번이나 들락날락해 숫자를 올렸다. 자존심의 문제였기 때문이다. 누가 미니홈피에 들어오는지 알 수 있는 '방문자 추적기'가 개발됐다는 소식에

'그렇게까지 하고 싶냐'고 비웃으면서도 다운로드 방법을 검색하고 있는 나 자신에게 소스라쳤다. 게시판 글에 너무 집착하는 '나란 여자'에 질리기도 했다. 글을 올리면 매번 걱정이 됐다. '사생활을 너무 적나라하게 썼나? 보는 사람들이 지나치다고 생각할지도 모르겠어.' 고치고 올리면 또 걱정이 됐다. '수정하다 보니까 의미가 잘 안 통하네. 보는 사람들이 글을 못 쓴다고 생각할지도 모르겠어.' 다시 고쳤다. 그러다 보면 원래 생각했던 것과는 완전히 다른 글이 올라가 있었다. '안 되겠어. 일단 삭제하고 처음부터 다시 써야겠어.' 불멸의 문학작품을 쓰는 게 아니었다. 그냥 싸이월드 게시판 글이었다. 그걸 온종일 뜯어고쳤다. 수업 듣다가도, 친구들과 대화하다가도 문득 그 글이 생각나서 다시 로그인했다.

그런 내가 진심으로 싫어질 때, 미니홈피를 닫았다. 미니홈피의 구질구질한 것들을 재정비하고, 새로운 콘셉트로 다시 태어나고 싶었다. 분기에 한 번씩은 '주인장 쉰다'고 공지하면서 리뉴얼에 들어갔다. 그럴 때 평소 눈여겨봤던 여러 미니홈피를 두루 참고했다. 내가 닮고 싶은 미니홈피는 자기 색깔이 뚜렷했다. 모든 게시물을 제목 없이 올리는 '포스트모던적 무제 스타일', 사진첩 글귀를 띄어쓰기 없이

다 붙인 뒤 절묘한 행갈이로 여운을 주는 '이상 스타일', 엉뚱하고 재치 있는 문구로 가득한 '4차원 스타일' 세상 근심이 없어 보이는 '깨발랄 스타일' 등을 참고해서 적절히 섞었다.

기존의 미니홈피 타이틀을 바꾸고 너저분한 스크랩도 삭제했다. 호응도가 낮았던 게시판 글을 비공개로 돌리고 사진첩도 갈아엎었다. 하지만 언제나 원하는 수준으로까지 리뉴얼할 수는 없었다. 내가 하는 리뉴얼은 결국 연두부에 든 극소량의 폴리감마글루탐산 같은 것이었다. 아주 조금은 효과가 있지만, 근본적이지는 않았다.

꼭 붙고 싶던 인턴 시험에 낙방하고 기분 전환을 위해 친구와 쇼핑에 나선 적이 있다. 아무리 발품을 팔아도 딱 원하는 옷이 없었다. 다 퇴짜를 놓고 투덜대자 친구가 도대체 어떤 스타일을 원하는 건지 물었다. 나는 갑옷 같은 옷, 전위적이고 힘찬 옷, 그러면서도 날개 같은 옷을 원한다고 말했다. 그러니까, 완전히 다른 차원의 임팩트를 주는 옷. 친구가 물었다.

"네가 바꾸고 싶은 게 뭐야? 옷이야, 너야?"

어쩌면 싸이월드를 하는 동안 숱하게 '잠시 접습니다' '영업 일시 중단' 공지를 던져놓고 뜯어고

치고 싶었던 것도 실은 나 자신이지 않았을까. 엄마의 보복 소비가 아빠나 우리에 대한 불만, 그리고 그것을 인내해야 하는 엄마의 삶을 은근히 겨냥하고 있었던 것처럼 말이다.

싸이월드가 리뉴얼 중이라고 한다.

완전히 끝난 줄 알았던 싸이월드의 부활 소식에 주성치 영화가 생각났다. 〈소림축구〉로 입문해 팬이 된 이후로 거의 모든 작품을 역주행해 봤다. 주성치 영화의 제일 좋은 점은 아무도 죽지 않는다는 것이었다. 정신없는 활극 가운데 분명히 절벽으로 떨어졌고, 분명히 둔기에 맞고 쓰러졌는데 그래도 절대로 죽지 않고 짠 하고 다시 나타났다. 가끔은 주성치조차 (자신이 감독까지 한 영화이면서도) 상대역을 향해 "아까 죽은 거 아니었어?"라고 물었다. 스스로 봐도 '말이 안 되는 생명력'이었기 때문일 것이다. 싸이월드는 주성치 영화와 닮았다. B급이고, 재밌고, 무엇보다도, 절대 죽지 않는다.

한때 페이스북을 두고 '하버드대의 마크 저커버그 씨가 만든 미국판 싸이월드'라고 했을 정도로, 싸이월드는 시대를 앞선 소셜미디어였다. 하지만 원조로서 누린 영광은 잠시였고 몇 배나 긴 몰락의 세월을 거쳤다. 그리고 망한다, 안 망한다를 반복하다 정말 망한 줄 알았더니, 또다시 새로운 인수 업체가 나타났다.

싸이월드가 환골탈태할 것이라고 기대하진 않는다. 이미 몇 번의 매각과 리뉴얼이 있었지만, 싸이월드는 싸이월드였다. 아무리 야심 차게 뜯어고치고 '그랜드 리뉴얼 오픈'을 해도 내 미니홈피가 나를 뛰어넘을 수 없었듯이, 싸이월드는 싸이월드를 뛰어넘을 수 없을 것이다. 주성치 영화가 아무리 새롭게 변신한다 해도 '007 시리즈'나 〈와호장룡〉이 되지 않듯이. 하지만 중요한 건 그게 아니다. 중요한 건 싸이월드는 (어지간해서는) 죽지 않는다는 것이고, 그 비현실적인 생명력은 이제 그 자체로 마니아를 거느린 하나의 장르가 됐다는 사실이다.

80년대생의 추억 복합기

결혼 전, 서울에 온 엄마와 같이 시내버스를 탔을 때의 일이다. 엄마는 서울에 연고가 없는데 앞자리에 앉은 할머니와 반갑게 인사하더니 한참 대화를 주고받았다. 하차할 땐 서로 잘 가시라, 건강해라 요란해서 덩달아 나도 목례를 했다. 내린 뒤에 아는 분이냐고 물었더니 엄마는 태연히 대꾸했다.

"태어나서 처음 봤지."

버스에서건 목욕탕에서건 입만 열면 바로 절친이 되는 아줌마들이 그렇게 신기했다. 조금 전 처음 만난 사람들과 남편 흉, 관절염의 고통, 제철 요리 비법에 이르기까지 미주알고주알 떠들 수 있는 친화력의 근원은 대체 무엇일까.

그런데 나이가 들자 이해가 됐다. 출산과 육아를 거치며 나 역시 달라졌기 때문이다. 산후조리원에서 태초의 인간에 가장 가까운 모습으로 만난 옆자리 산모와 금방 친구가 됐다. 이유식 밥풀이 붙은 후드티 차림으로 놀이터에서 마주친 또래 엄마들과는 어느새 언니 동생이 됐다.

1980년대 초반에 태어난 여자 넷이 모여 점심 식사를 하게 됐다. 기자 둘, 번역가 겸 작가, 연구원이 한 명씩이었고 각자에게 한 명 이상이 초면인 자리였다. 하지만 어색함이라고는 찾아볼 수 없었다.
공통 화제가 분명했기 때문이다. 아이들의 나이를
확인하고 그맘때 육아의 고충을 토로하는 것만으로
도 이미 시간이 모자랐다. 워킹맘으로서의 일차적인
수다 연대가 끝나자 일과 근황에 대한 약간의 푸념
('월급만 안 올라' '90년생들 당돌해' '우린 낀 세대야')
이 본격적으로 터져 나왔다. 자연스레 2000년대 추
억 소환(라떼는 말이야)으로 주제가 옮겨갔다. 동갑내
기들과만 누릴 수 있는 복고적 감성에 한껏 젖은 우
리의 화제는 대학 시절의 몇 가지 공통적인 경험(교
환학생, 축제 분위기, 친했던 친구들 등)을 거치며 클라
이맥스로 치달았다.

　　"싸이월드 망했다는 뉴스 보셨어요?"

　　우리 모두 한숨으로 그 뉴스에 응답했다. 물론
뉴스에 대한 반응은 정확히 반으로 갈렸다. 두 명은
'싸이월드 망해서 어떡하냐'는 아쉬움의 한숨이었
고, 다른 두 명은 '차라리 망해서 다행이다'는 안도
의 한숨이었다. 재밌게도 극과 극은 통한다고 해야
할지 그 근거에서 일맥상통하는 지점이 있었다. 망
해서는 안 된다는 측의 논리는 '우리의 모든 추억이
거기 있다'는 것이었고, 망해서 차라리 다행이란 측
은 '우리의 너무 많은 추억(즉, 지우고 싶은 추억)까지

도 거기 있다'는 것이었다. 싸이월드를 둘러싸고 우리가 할 수 있는 이야기는 무궁무진했다.

"요즘 SNS는 항상 최신 게시물이 실시간으로 뜨잖아요. 과거도 미래도 없이 온통 현재만 끝없이 보여지는 건데 그게 참 피로할 때가 있어요."

"인스타그래머가 지향하는 궁극적인 힙이란 건 팔로잉은 0에, 팔로워는 무한대에 수렴하는 거 아닌가요? 일대일 일촌 관계가 기본이던 우리 시대와는 관계의 방정식이 다른 거죠."

우리는 마치 '싸이월드 시대를 회고한다'라는 특집 프로그램의 전문가 패널이라도 된 듯 의견을 쏟아냈다.

내 경우엔 싸이월드에 대해 생각하면서 그 무렵 유튜브 알고리즘 덕분에 역주행을 시작한 가수 비의 〈깡〉을 떠올렸다. 2017년 발표된 이 노래는 시대에 역행하는 '투머치 감성'으로 인해 당시 대중의 철저한 외면을 받았다. 화려한 조명이 나를 감싸고, 나의 멋짐이 무대를 적시는 가운데, 나는 쓰러질 때까지 오직 널 위해 춤을 춘다는 둥의 자아도취로 가득한 노래였다. 하지만 그 구제 불능의 촌스러움, 과도한 자기애적 설정이 밀레니얼 세대에게 조롱의 대상이 되며 뒤늦게 다시 화제가 됐다. 비의 과한 안무와 '깨방정' 무대 매너, 충만한 자기애를 조롱하는 게 하나의 놀이 문화가 되면서 우울할 땐 〈깡〉의 뮤비를 본다며 '1일 1깡'이란 신조어도 생겼다.

하지만 화려한 조명이 나를 감싸는 '깡의 미학'이 제대로 구현된 건 2000년대 싸이월드에서였다. 눈물 셀카가 대표적인 예다. 그 시절엔 울 때조차 이렇게 멋있을 수 있다는 것에 스스로 도취된 듯, 많은 유명인이 울먹이는 셀카를 45도 각도에서 찍어 올렸다. '또 다른 나를… 찾아서…' '보이나요 나의 눈물이…' 같은 설명과 함께였다. 있어 보일 수만 있다면, 어디서 들어본 듯한 문구를 글의 맥락과 상관없이 다 끌어모으는 것도 그 시절의 트렌드였다.

뜬금없는 오타와 비속어가 튀어나와 실소를 유발할지언정, 중요한 건 작성자의 '한결같은 진지함'이었다. 빈 프로필에 마우스로 검은 블록을 지정하면 흰 글씨로 숨겨둔 'ㅇ1젠 잊을 ㄸH도 됐는데 ●r직도 내 심장⊖l 널 찾⊙r' '나도 날 모르겠어...I don't know who I em' 같은 문구가 등장했던 것도 그곳이었다. 『다빈치 코드』 뺨치는 기호학적 감성이랄까.

요컨대, 싸이월드는 거대한 '깡의 원천'이었다. 미니홈피라는 판도라의 상자를 열면, '깡'은 가뿐히 발라버릴 오글거림이 넘쳤다. 하지만 그 오그라드는 감성이 싸이월드의 백미였고 내 멋에 한껏 취하여 살던 우리의 원동력이었다.

중력의 법칙 때문에
내 마음이 자꾸 바닥으로만 떨어지잖아
뉴턴, 이 개새끼…*

'감성의 매체'였던 싸이월드 시대 풍경은 우리 네 사람을 끊임없이 웃게 했다. 감수성이 넘치던 시대답게, 그 시대엔 바지도 길고 헐렁한 게 인기였고, 운동화나 워커도 크게 신었으며, 대화명도 구구절절 이어지는 게 당연했다. MSN 메신저가 처음 등장했을 때 사람들은 대화명으로 기분과 상태를 표현했는데, 글자 수에 별 제한이 없었다. 시나 노래 한 구절을 통째로 대화명으로 지정하기도 했다. '가끔은 하나님도 외로워서 눈물을 흘리신다' 님과 '그대여 난 기다릴 거예요 내 눈물의 편지 하늘에 닿으면' 님이

---

* 감정에 과하게 몰입하다 우수에 찬 비속어가 튀어나오는 것도 싸이 시절 감성이다. '조건반사의 원리 때문에 / 네 생각만 하면 자꾸 가슴이 뛰잖아 / 파블로프 이 개새끼' '빅뱅이론 때문에 / 내 마음이 자꾸 커져만 가잖아 / 르메르트, 이 개새끼' 등 다양한 아류작이 있었다.

대화하던 시대였다.

좋아하는 사람이 생기면 출생연도와 이름을 알아내, 싸이월드의 '사람 찾기' 메뉴에서 검색을 했다. 싸이월드는 실명 가입이 원칙이었기 때문에 찾기가 어렵지 않았다. 일단 미니홈피만 찾으면 상대가 어떤 사람인지 웬만큼 추측할 수 있었다. 좋아하는 것, 즐겨 먹는 음식, 인간관계, 연애 유무까지 알수 있었기 때문이다. 좋아하는 사람 미니홈피에 수시로 들락거리며 근황을 지켜보다가 그가 걸어놓은 방문자 이벤트에 걸려 짝사랑이 들통나기도 했다.

실제로 이벤트 당첨을 계기로 식사를 하고 연인으로 발전하는 훈훈한 케이스도 있었지만, 헤어진 구남친, 구여친 미니홈피를 들락거리다 발각돼 자존심 구기는 일이 더 많았을 것이다. 인터넷 지식 검색엔 절박한 질문이 많았다. "이벤트 당첨된 거 무효나 비공개로 할 수 없나요?" "남자친구 전 여친 미니홈피에 로그인한 채로 방문했다 이벤트 당첨됐는데 어떡하죠?" 그들은 부르짖고 있었다. "제발 없었던 일로 할 수 없나요? 무슨 방법이 없나요?"

우리는, 아니 나는, 왜 그렇게 싸이월드를 하고 살았던 걸까. 미니홈피에 접속하는 것으로 일과를 시작하고 그날의 감상을 쓰는 것으로 하루를 마무리했던 날들. 기숙사 방에서는 늘 싸이월드 미니홈피 BGM이 흘러나왔다. 새로운 곡으로 배경음악을 지정해놓으면, 룸메이트 후배는 "이번 달 저희 방 BGM은 이건가요?"라고 놀리듯 물었다. 싸이월드는 내 일부였고 분신이었다. 마치 거울 보고 단장하듯이 수시로 싸이월드 프로필을 바꾸고, 미니미 옷을 갈아입히고, 사진첩이나 게시판 폴더를 정리했다. 매일 방문자 수를 확인했으며, 방명록 댓글도 정성껏 달았다. 특별해 보이고 싶다는 욕망으로, 자청 문학도의 고뇌를 담은 자의식 과잉의 난삽한 글을 수없이 써서 올렸다. 한때 나는 싸이월드의 그 작은 미니홈피 안에서 정말로 '살고' 있었던 것 같다.

남들이 다 블로그로 페이스북으로 넘어갈 때도 싸이월드를 끝까지 지켰다. 치명적 사랑 이후에 연애를 포기한 비운의 로맨티시스트처럼, 싸이월드 이후로 나는 어떠한 SNS에도 그다지 애착을 갖지 못했다.

이야기를 듣던 한 친구는 '이제야 비로소 모든 게 이해가 간다'는 표정을 지었다. 네트워킹과 속보가 무엇보다 중요한 기자란 직업을 갖고 있으면서 내가 왜 인스타그램도, 페이스북도 안 하며 독야청

청 고고하게 홀로 살아가려 하는지 납득을 못 하던 친구였다. 그랬다. 나는 싸이월드를 사랑했고, 싸이월드를 잃었으며, 아직 그를 잊지 못한 여자였다. 다른 어떤 SNS도 당시와 같은 열정을 쏟을 수 없어진, SNS 회의론자가 돼버린 비련의 여인.

그때 누군가 말했다.

"이건 그냥 말로 끝낼 게 아니라, 책을 한 권 써야 할 것 같은데?"

수다의 정점에서 흥에 겨워진 우리는 지금까지 나온 이야기만 정리해도 챕터가 열 개는 넘을 거라는 둥, 싸이월드만으로도 시리즈를 만들 수 있을 거라는 둥 황당무계한 수다를 이어갔다. 일행은 저자로 나를 지목했다. 싸이월드에 중독됐던 게 확실해 보이며 그로 인한 후유증을 여전히 떨치지 못했기 때문이라 했다. '일촌'이란 희한한 용어를 처음 들었던 그때처럼, 나는 실소를 터뜨렸다. 싸이질로 책을 쓰라니, 강남대로에서 뉴욕 헤럴드 트리뷴을 외쳐보라는 느낌이었다(사람을 뭘로 보나 싶었다…).

강남의 한 멕시코 음식점에서 시작된 모임은 맞은편 커피숍으로 옮겨가 두 시간을 훨씬 넘기고도 아쉬움 속에서 끝이 났다. 다음 만남을 기약하고 일행과 헤어져 지하철 2호선 강남역 지하상가를 신나게 걸었다. 그런데 귓가에 쟁쟁했던 웃음소리와 폭풍 수다의 여흥이 서서히 걷히자 한 가지 궁금증이 싹텄다.

'잠깐만….'

그때부터 엄청난 속도로 자란 생각의 씨앗이 내게 조용히, 하지만 분명히 이렇게 묻고 있었다.

'싸이월드라고 해서 안 될 건 또 뭐지?'

걸음을 멈췄다. 갑자기 심장이 두근거렸다. 미니홈피 방문자가 처음으로 0에서 1이 됐던 그 순간처럼.

'…아무튼, 싸이월드?'

그러니까 이 모든 이야기는 그렇게 시작됐다. 우정과 호의와 연대, 그리고 그 시절 우리 모두의 추억으로부터.

나를 만든 세계, 내가 만든 세계
'아무튼'은 나에게 기쁨이자 즐거움이 되는,
생각만 해도 좋은 한 가지를 담은 에세이 시리즈입니다.
위고, **제철소**, **코난북스**, 세 출판사가 함께 펴냅니다.

아무튼, 싸이월드

초판 1쇄 2021년 4월 30일
초판 2쇄 2021년 7월 26일
지은이 박선희
펴낸이 김태형
펴낸곳 제철소
출판등록 제2014-000058호
전화 070-7717-1924
팩스 0303-3444-3469
제작 세걸음

right_season@naver.com
facebook.com/from.rightseason
instagram.com/from.rightseason

ⓒ 박선희, 2021

ISBN 979-11-88343-46-1 02810